755 984 1201

Léopold Chauveau

肖沃奇怪故事集

（下册）

[法]利奥波德·肖沃 著　　张惟 译

GUANGXI NORMAL UNIVERSITY PRESS
广西师范大学出版社
· 桂林 ·

出版统筹：多　马
策　　划：汪家明
　　　　　活字国际
　　　　　Type International
　　　　　多　马
责任编辑：吴义红
特约编辑：莉　拉
　　　　　尹　然
产品经理：多　加
书籍设计：卜　凡
　　　　　陈小娟
篆　　刻：张泽南
责任技编：伍先林

肖沃奇怪故事集
XIAOWO QIGUAI GUSHIJI

图书在版编目（CIP）数据

肖沃奇怪故事集：上下册 /（法）利奥波德·肖沃
著；张惟译. --桂林：广西师范大学出版社，2021.10
　　ISBN 978-7-5598-4120-9

　　Ⅰ．①肖…　Ⅱ．①利…　②张…　Ⅲ．①儿童故事—
作品集—法国—现代　Ⅳ．①I565.85

　　中国版本图书馆 CIP 数据核字（2021）第 153962 号

广西师范大学出版社出版发行

（广西桂林市五里店路 9 号　　邮政编码：541004）
（网址：http://www.bbtpress.com）
出版人：黄轩庄
全国新华书店经销
天津图文方嘉印刷有限公司印刷
（天津宝坻经济开发区宝中道 30 号　　邮政编码：301800）
开本：889 mm × 1 194 mm　　1/24
印张：$30\frac{16}{24}$　　　字数：221 千
2021 年 10 月第 1 版　　　2021 年 10 月第 1 次印刷
印数：0 001~6 000 册　　定价：168.00 元（上、下册）

如发现印装质量问题，影响阅读，请与出版社发行部门联系调换。

Contents
目录

本性难改的食人鬼

鲁诺进来了。

"爸爸，我又来捣乱了。"

"把门关上。真是个烦人的小家伙。"

"好吧，好吧。"

门"咚"的一声关上。我从椅子上跳了起来。鲁诺满脸严肃地叫嚷："咚，咚，咚！"

然后还说："我是想让你给我讲一个故事才来的。我好无聊啊。妈妈出门了，就我一个人孤零零的。"

"你怎么是孤零零的呢？不是还有哥哥他们吗？夏洛特也在家啊。"

"但是妈妈一出门，我就是孤零零的一个人了。"

"你得安静点儿，爸爸在工作呢。没工夫和你聊天。"

"但是爸爸，我好无聊啊。"

"你自己玩儿一会儿。让我好好工作。"

"但是爸爸，我一个人怎么玩儿啊。我不是跟你说我好无聊吗？你给我念食人鬼的故事吧，就给我念吧，求你了。"

"你可真烦人啊。就算我给你念了，你还不是会像上次那样没听完就睡着了。"

"我可没睡着。我只是把眼睛闭起来了。然后就听不见你的声音了。但是我一小会儿都没睡着。"

"那我可以念食人鬼的故事给你听。但是，只要你一闭上眼睛，我就不再往下念了。然后，你就可以痛痛快快地一觉睡到大天亮。"

"你看，我的眼睛睁得这么大呢。"

鲁诺睁大了双眼，还张大了嘴巴，额头上堆起了抬头纹。

"哎哟，我可没说让你一直这样做着鬼脸听故事啊。"

食人鬼听到从它居住的大山脚下那片森林边上的村庄教堂传来的钟声。

于是，它拿起大刀，穿过森林，一直向山下走去。因为它知道，村庄教堂的大钟每次像刚才那样发出响亮的钟声，就会有一群伐木人的孩子出现在谷底的小路上，为了赶去上学而快步走着。

食人鬼已经很久没有吃小孩儿了。它在森林里面碰到的小孩儿，都由父母陪同着。虽然食人鬼有强壮的身体，它的力气也比常人大一倍，但是它并不属于胆子很大的鬼，还不敢袭击大人。

遇到成群的小孩子，食人鬼也不会出击，因为它觉得即便是小孩儿，如果数量很多的话，对付起来也还是很麻烦的。

它就是这么一个没有志气的鬼。

现在，教堂的钟声正响亮。食人鬼心里想吃小孩儿的欲望越来越强烈了。于是，它想先确认一下走在路上的小孩是不是非常多。教堂的钟声刚响过第二次。

食人鬼奔跑起来。它一边跑，一边想，如果找到孩子了，该配什么酱汁一起吃呢？用蔬菜酱汁？有点儿辣的酱汁？还是和洋白菜烩在一起？食人鬼最喜欢这三种酱了。然后它脑子里又冒出了不蘸酱，直接烤着吃，或者干脆生吃的想法。

胖乎乎、肥嘟嘟的人类小孩儿！作为一个食人鬼，它肯定不会挑那些瘦小的孩子。想到这些，它的嘴里好像已经充满了孩子们的香味，它的鼻子，好像也已经闻到香味了。

突然，食人鬼感觉到左腿传来剧痛。它还听到了骨头嘎嘣一下断掉的声音。食人鬼面朝下倒了下去。

一根树根绊倒了它。食人鬼的左腿骨折了，所以它的身体也狠狠地摔在了地面上，鼻子都快摔扁了。它就这样，横倒在那条去上学的孩子们马上就要经过的小路上。它那条摔断了的腿，卡在树根拱起来的地方出不来了。

孩子们走过来了。有男孩儿，也有女孩儿。他们之中最年长的，看起来也就刚刚十岁。他们都洗得干干净净的，穿得整整齐齐的，小脸蛋儿红彤彤的，在裤子或者裙子下面，是他们像苹果一样圆滚滚的小屁股。

　　他们发现一个身材巨大的老头儿横躺在路中间，都吓了一跳，停了下来。

也难怪。食人鬼面部狰狞，眼睛里冒着火，眉毛又乱又长，而且下巴上还有疯长出来的漆黑的大胡子。

但是孩子们知道，伐木人里面也有这样眼睛里冒着火，眉毛又乱又长，而且下巴上还有疯长出来的漆黑的大胡子的。他们都是这个世界上最好的人。

食人鬼用一只手捂住嘴巴，藏起了自己那满口的吃人用的大牙，尽量用温柔的声音对孩子们说："少爷们、小姐们，我是伐木人，住在离这儿很远的一个森林里。我的孙女病了，我正要去村子里给她买一瓶蜂蜜，结果摔了一跤，把腿给摔断了。看，我是面朝下摔的，你们能不能帮我把身体翻个个儿？"

孩子们按照食人鬼的要求，马上开始动手了。他们把食人鬼卡在树根的腿给拔了出来。

每当孩子们动一下它的腿，食人鬼就会完全不顾颜面地发出吓人的呻吟声。而每次呻吟，它都不会忘了用手遮住自己那满口的吃人用的大牙。

孩子们帮食人鬼翻过身，还在它的头下面垫了一捆小树枝。

正在这时，村里的牧师经过那里。他听到食人鬼的呻吟声，赶紧跑了过去。

看到牧师，孩子们都嚷嚷着朝他跑了过去。有的孩子摔倒了，但马上爬起来，脚步都还没有迈开，就已经跟着同伴们一起嚷嚷起来了。

"牧师大人，牧师大人，这个伐木人好可怜啊。他正要去给生病的孙女买蜂蜜，结果把腿给摔断了。"

　　孩子们拥在牧师身边，你一句我一句地嚷嚷着。他们你推我搡的，有拽牧师拐杖的，有拉牧师那碰到脚背的长袍的，还有吊在牧师胳膊上的。牧师的每一根粗粗的手指上都有一个孩子的小手握在上面。

牧师完全听不清孩子们在嚷嚷什么。因为他们都在一齐嚷嚷着。于是，牧师发出了震天的声音。这个声音，比起所有孩子的声音加在一起还要大。

"都给我闭嘴，小家伙们！闭嘴！"

孩子们安静了下来。

"好，你来说，"牧师对其中一个小女孩说，"其他人都安静。"

小女孩喘着粗气说道："牧师大人，那个老伯伯把腿给摔断了。他在去给孙女买一瓶黄油的路上。"

其他的小孩儿哄地笑成一片。

"什么呀，什么呀。牧师大人，她说错了。不是黄油，是一瓶蜂蜜。而且，这个老伯伯的孙女现在病得很重。"

牧师捂起耳朵，又发出了震天的声音。

"闭嘴，闭嘴！"

牧师走近食人鬼。

食人鬼用一只手捂住嘴巴，藏起了自己那满口的吃人用的大牙，这样说道："我是一个可怜的伐木人，在离这儿很远的地方干活儿。我在去给生病的孙女买一瓶蜂蜜的半路，把腿给摔断了。"

这时，孩子们又一齐嚷嚷起来。

"您看吧，牧师大人。是一瓶蜂蜜。她还说是一瓶黄油，可真笨。"

"安静，安静。"牧师说，"是蜂蜜还是黄油不重要。来，给我看看你的腿。"

牧师刚好还是骨科医生。在这一带方圆二十里，如果有谁骨折了，都会找牧师医治。他甚至还可以把普通医生接坏了的骨头给重新接好。遇到牧师，食人鬼算是碰对人了。

"哎呀，彻底断了。真是一例典型的骨折。"

这时，牧师看到了食人鬼的大刀，问道："你拿的这是什么工具？"

"这是我的斧头。"食人鬼回答，"我们那儿用的斧头，和其他地方的有些不一样。"

牧师可没在等食人鬼的回答，他嘴里不断地念叨："一例非常典型的骨折，我得想想办法。"

牧师用力拽了一下食人鬼的腿。为了把骨头正确对接起来，他必须那样做。食人鬼发出了足以让人吓破胆的呻吟声。

孩子们盯着食人鬼。为了给牧师腾出医治食人鬼的空间，他们站在稍远一点儿的地方。过了一会儿，牧师为了防止食人鬼乱动已经把它的腿固定住了。

食人鬼看起来没那么痛苦了。也不再呻吟了。排列站在食人鬼两腿旁的孩子们散发着诱人的的香气。这个香气挑逗着食人鬼的食欲。

食人鬼一边盯着离自己最近的一个男孩儿，一边想："在他们都专心看我治腿的工夫，我要把这个小不点儿抓过来扔进嘴里。等我把他吃了——他看起来可不算肥的——就再抓一个。吃完之后，可能还得来第三个。"

多么让人愉快的想象啊，食人鬼这样想。吃掉两个，还可能是三个小孩儿，对于食人鬼来说，那真是非常愉快的想象。在抓第一个男孩儿的时候，食人鬼都忍不住笑出声来了。

它发出来的笑声，简直太吓人了。

孩子们朝各个方向逃窜开。

牧师抬起头，看到了食人鬼张开的大嘴，看到了巨大的吃人用的牙，还看到了在食人鬼握住的手里拼命挣扎的男孩儿。

牧师飞快地拿起刀，朝食人鬼一刀挥去，砍下了它的一条胳臂。

食人鬼被砍下来的手松了开来，放开了男孩儿。获救的男孩儿跑进树丛，和其他孩子一起躲藏了起来。

这时的食人鬼可笑不出来了。它看了一眼滚落在自己身旁的胳膊，它身上的切口处，正在喷射红色的液体。

血一直流啊流，食人鬼眼看着越来越衰弱。过不了多久，它的血会流光，而它估计也没命了。

食人鬼越来越衰弱。它的脸色越来越苍白，它的身体越来越虚弱。从它的体内喷射而出的血流也跟着慢慢变弱，不再喷射了。

食人鬼现在正处于濒死状态。

在一旁的牧师，现在有一些可怜食人鬼了。他采来可以止血的草药敷在食人鬼的伤口上，血果然就止住了。

完全止血后，牧师背起食人鬼，哈着腰，朝村庄走去。

在牧师背上的食人鬼就像昏死过去了一样。它垂下来的四肢，在牧师的身旁无力地晃动着。它的头枕在牧师的肩上，大胡子戳进牧师的耳洞里，挠的牧师直痒痒。

孩子们小跑着跟在后面。

铁匠正坐在村口的铺子门外抽烟斗。

牧师对铁匠说："劳驾你，赶快借我一把钳子用一下。"

已经奄奄一息的食人鬼，被平放在地上。因为它已经一动也不能动了，牧师用铁匠借给他的钳子一颗一颗地拔掉了食人鬼所有的牙齿。先是前牙，然后是后牙，大的、小的、上面的、下面的，门牙、虎牙、后槽牙，甚至智齿，管它是好牙还是虫牙，全部都给拔掉了。

食人鬼比刚才又更虚弱了。差不多已经没有呼吸了。一束鲜血从它的嘴角流淌下来。食人鬼被装进铁匠的马车，运往在村子另一头、教堂旁边的牧师家。

牧师扛着食人鬼的大刀，牵着拉车的马身上的缰绳走在最前面。

伐木人的孩子们跟在后面。在这群孩子后面，跟着村庄里的所有孩子、所有女人和所有男人。老人们拖着不听使唤的腿，也跟在后面。

大家到达了牧师家。

看到走过来的众多村民，还有车上像死了一样的巨人，牧师的女佣举起双臂大声叫道："哦，耶稣啊，马利亚啊，约瑟啊！牧师大人，您这是带来了什么啊？"

"是食人鬼。它现在非常衰弱，我希望你细心照顾它，保证让它吃饱。"

上了年纪的女佣把手指伸进帽子里抓了抓头。

"食人鬼？我该给它吃什么呢？"

"土豆泥和给孩子喝的粥就行了。它没有牙，也吃不了其他的东西。"

哎，食人鬼啊食人鬼，就算女佣能够细心照顾你，你也吃不了小孩儿了。

食人鬼被抬上床，先是有人给它喝了一杯陈年的勃艮第红酒。牧师的酒窖里有很多上好的红酒。随后，又有人喂给它很多的土豆泥和孩子喝的粥。

休息了一阵子，食人鬼慢慢地可以起身，渐渐又恢复到从前强壮的身体了。只不过，它走路时依旧会一瘸一拐的，而且也只剩下一条胳膊了。

食人鬼在那之后再也没有想要吃肉。既不吃孩子，也绝不吃牛肉、羊肉、鸡肉、猪肉和所有动物的肉。它对肉的食欲，已经随着被拔掉的满口的大牙，消失不见。对于食人鬼来说，这反倒是一件幸福的事情。因为，就算它还有想吃肉的欲望，也没有能吃肉的牙齿了。

牧师家的女佣梅兰妮负责给食人鬼制作土豆泥和粥。她做的土豆泥，经过好几道准备工序，非常黏稠细腻；她做的粥是用小火用心煨出来的，非常软糯滑口。于是，食人鬼爱上了梅兰妮。

　　梅兰妮是一个上了年纪，不漂亮又爱唠叨的女人。

　　但是在食人鬼看来，她既年轻，又漂亮，而且还温柔。

　　食人鬼把自己对梅兰妮的看法告诉了她。

　　之前可从来没有人对梅兰妮说过这样的话。梅兰妮的内心因为喜悦而颤动着。

　　她同意了食人鬼的求婚。

　　牧师为他们主持了婚礼，而且允许他们两个一起在牧师家干活儿。

食人鬼用剩下的那只胳膊砍了一些树枝，把它们捆成一捆，扛到肩上。那是一捆又粗、又长、又重的上乘木柴。木柴从食人鬼的肩上一直可以够到地面，每次碰到食人鬼的脚后跟，都会掸起一些灰尘。

　　背在背上的木柴太重了，压得食人鬼向前哈着腰、半背着、半拖着、吃力地向前挪动着脚步。

　　这时，一个沙哑的声音传到了它的耳中。

"大哥，好久不见。"

食人鬼停下脚步，欠了欠身，放下肩上的木柴。它用手扶着腰，慢慢地把身体直了起来。在它眼前的是它的表弟加尔加比兹。

"好久不见。"加尔加比兹说。

"可不是吗？"

"来我家坐坐吧。我今早杀了一头小猪仔，够我们俩吃的了。"

"好啊，好啊！"食人鬼大声应道。

过了这么长时间，食人鬼的牙齿又开始慢慢长出来了。在餐桌的正中央，摆放着小猪仔。一看到这个场景，食人鬼立刻把土豆泥和粥都干干净净地忘在脑后。它狼吞虎咽地吃掉了半只小猪仔。

它的表弟吃掉了另外一半。

两个食人鬼望着彼此豪放的吃相，感觉非常满足。

等把小猪仔吃得连渣都不剩了之后，食人鬼说："我真想再来一份啊。"

加尔加比兹说："你一点儿都没变，还是那么贪吃。"

食人鬼听了有些不高兴地说："一只小猪仔，哪儿够两个人吃啊。"

听食人鬼这么说，加尔加比兹也有些生气："嚯，虽然穿得人模狗样的，可看看你这副不知足的样子。我已经把我的小猪仔分了一半给你吃，你还不满意。那么，我是得把一整只都送给你吗？赶紧给我滚出去，再也别让我见到你。"

食人鬼没有再多废话，挥起大刀，一刀砍下了表弟的头。

然后，它一屁股坐在表弟的身体旁，把它切成几块，吃掉了。

食人鬼一边吃，一边想："哎呀，真好吃。不过，牧师应该更好吃。他看起来就油乎乎、肥嘟嘟的。"

等把表弟的骨头都啃干净后，食人鬼回到牧师家。

牧师问食人鬼:"你砍的柴呢?"

"我半路把柴弄掉了,也忘记捡了。"

"蠢货!咦,你的表情怎么怪怪的?哪里不舒服吗?"

"没有。"

"那你为什么有这样的表情?"

"因为我想把你吃掉!"

说着,食人鬼扑向牧师。

幸好,食人鬼把大刀落在大门口的伞筒里了。

牧师抓住靠背椅的椅背,把椅子举起来用力挥动着拼命喊道:"救命啊!救命啊!"

所有的村民都赶来了。他们把食人鬼团团围住，捆绑起来。

牧师跑到铁匠那里借了羊角锤，又飞奔回来。

他揪住食人鬼的鼻子，无法呼吸的食人鬼只能张开了大嘴。牧师把食人鬼新长出来的牙又都拔掉了。

每拔一颗牙，牧师就念叨一遍："土豆泥、粥！"

牧师一共念叨了三十二次，因为食人鬼和普通人一样，有三十二颗牙。虽然它的牙可比普通人的牙要粗硬得多。

这次拔完牙之后，食人鬼又完全丧失了吃肉的欲望。

就这样，每年春天，牧师就会给食人鬼做拔牙大手术。

很多年以后，只要发现自己被牧师餐桌上的牛排或五花肉的香味吸引，食人鬼就会自己跑到铁匠那里借用拔牙用的羊角锤。

被拔掉牙的食人鬼，就又可以老实一段时间了。

我整理了一下稿子。

鲁诺说："还好食人鬼把大刀落在门口的伞筒里了！"

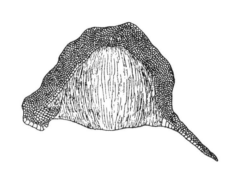

被大蛇吃掉的貘

"爸爸，你把昨天讲给我的故事写下来了吗？"

"是什么故事来着？"

"大蛇和貘的故事啊。"

"哦，写下来了。"

"那你念来听听吧。"

"好吧，爸爸的故事开始了。"

我们假设大蛇把貘给吃掉了，可怜的大蛇就要完蛋了。大蛇将会迎来生命中最后的两三分钟。它应该做好死亡的准备了。它应该请人为它书写遗言了。因为，它的生命就要完结了。它马上就要离开这个世界了。真是一条可怜的大蛇。

　　但是，大蛇却压根儿不知道。它根本不会去想留什么遗言。它还一丁点儿都没有做好死亡的准备。

在被大蛇吞进肚子的瞬间，貘的脸上浮现出了诡异的微笑。大蛇清楚地记得这一点。因为即便是大蛇，也从来没有见到过哪个动物，会在眼看就要掉进它的食道的瞬间微笑。它单纯地这样想道："这只貘，真是一个呆瓜。根本就不知道自己将要遭遇什么。我已经使劲儿往它身上涂了不少唾液，花了大力气把它团成一团了。为的就是能把沾足了唾液、团成一团的它一口吞进肚子里。但是这家伙好像还以为我在给它做按摩呢。真是一个呆瓜，真的不知道自己将要遭遇什么。我的判断准没错，但是，我还是要把它吞下去。"

可其实，不知道自己将要遭遇什么的，是大蛇。我并不是说大蛇这一次比平时蠢，这一点得说清楚。总而言之，大蛇不知道自己将要遭遇什么。

如果知道自己将要遭遇什么，以大蛇的那点儿智慧，还是可以马上把涂上唾液、团成一团的貘当场吐出来，然后去找其他食物当午饭的。

但是，大蛇并不知道自己将要遭遇什么。于是，大蛇和貘就分别经历了下面的事情。

貘紧紧地缩起了身子，屏住呼吸，把四肢蜷缩到肚子那儿，把鼻子放进嘴里（貘的鼻子非常大，这样做就会省不少空间）。接着，它把耳朵折进耳朵眼儿（貘的耳朵虽然不是那么大，但还是可以通过这样做再缩小一些）。什么都不知道的大蛇，往貘身上涂上了它能分泌出来的所有唾液，为了把貘团成一团，它用自己的身体紧紧地，用简直能把骨头都挤碎的力气，把貘裹了起来。而对于貘来说，大蛇这样做，反而帮了它。

看看团成了一团的貘，大蛇好像觉得这个球并没有自己想象的那么大。但是，因为这是大蛇第一次吃貘——吃貘，对于每一条蛇来说都是第一次。没有一条大蛇吃过第二只貘。因为只要一吃貘，大蛇就会在两三分钟之内死去——所以，它才会觉得貘没有它想象的大。

"团好了。管它是大是小，反正我要一口吞了它。不过，它没有我想象的大，这倒是挺遗憾的。"

可不是吗？对大蛇来说真的是挺遗憾的。因为，如果团成一团的貘非常大，大到大蛇都吞不进去，那么，大蛇的死期也就不会这么早就来临了。

这个团成一团的貘，要说小也真不大。但是对于大蛇来说，还是有些过大了。

大蛇吞下了貘。貘顺着大蛇的食道，滚进了它的胃里。那么，大蛇的胃现在是什么感觉呢？

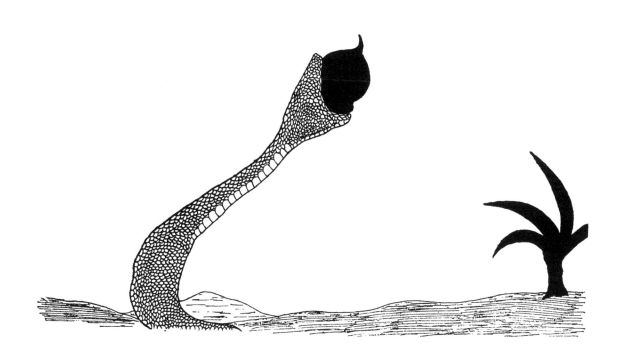

在大蛇的胃里，貘把鼻子从嘴里拔了出来，把耳朵从耳朵眼儿里抽了出来。它伸展四肢，深吸一口气，让自己的身体变回原来的大小，再变得更大。

对大蛇来说，把貘送进自己的胃里已经很吃力了，但这时，它突然发现貘正在逐渐变大，变得比自己的胃还要大。

貘的身体像吹了气的皮球，它的四肢直直地伸开来，连脚趾都伸得笔直。貘像猫那样拱起后背，同时，又挺起肚皮。貘的全身都在逐渐变大，然后突然，大蛇的胃炸开了。蛇皮也破裂了。这时的大蛇已经奄奄一息了。而貘呢，它从大蛇的身体里走了出来，深呼吸了一下，又变回了原来的大小。然后小跑着去河里冲凉了。

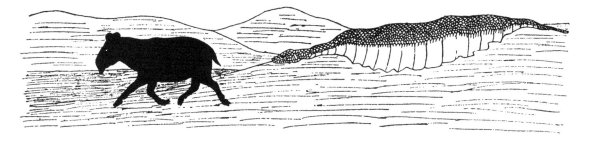

就这样，世界上又少了一条大蛇。每次有被大蛇吃掉的貘，就会有一条大蛇死去。

如果大蛇知道事情的真相，一定再也不会想吃貘了。但是，这是不可能的。大蛇才不会知道真相呢。

鲁诺说："那么，大蛇死了？"

"对啊。"

"那之后貘怎么样了？"

"不知道。"

"要是你想知道，就能知道，对吧？"

"我觉得还是不知道为好。貘可能会被猎人用枪打死，或者被鳄鱼一口吃掉吧。"

"那可不行。貘又不坏。"

游到南极又到北极的小海豹

我正在写稿，站在桌旁的鲁诺用铅笔尖触碰我的稿纸。是一根没有削尖笔头的铅笔。

"你别动，别把我的稿纸弄脏了。"我厉声道。

鲁诺在稿纸上写了一个大大的逗号。

"爸爸可要生气了啊。"

他又写了一个逗号。

我正要用尺子敲打他的手指，鲁诺机灵地把双手缩到背后，镇定地说："你看，稿子废掉了。"

稿纸上，从上到下，画着一道长长的黑线。

"真是个捣蛋鬼。"

鲁诺还嘴道："你这下知道，想打我的手会有什么样的后果了吧。"

第二天，因为事情耽搁，我在天黑之后才到家。

"爸爸，你把昨天我用铅笔毁掉的那个故事念给我听吧。"

"还念故事呢，我应该先揪你的耳朵吧。"

"为什么要揪我的耳朵？"

"因为你把我写的故事弄脏了，我要惩罚你啊。"

"那你怎么揪我的耳朵？"

"就这样，用两根手指，揪住小坏蛋的耳朵，然后用力拽。这样小坏蛋肯定会哇哇大哭。然后就结束了。"

"为什么你要那么做呢？"

"为了给小坏蛋一点儿颜色看看啊。"

"但是我不是小坏蛋啊。"

"你当然是个小坏蛋，弄坏了我写的故事。"

"昨天的事情已经留在昨天了。你给我念故事吧。"

"那倒也是。昨天的事情已经留在昨天了。"

小海豹头朝下，钻进海里。

随后它马上游出水面，吸了三大口气后，紧闭上鼻孔，又钻回了水里。它要去找比目鱼婆婆。

小海豹花了好长时间才找到比目鱼婆婆。因为比目鱼婆婆习惯放平身体在海底打盹儿，所以小海豹如果不游到快用鼻尖儿触碰到比目鱼婆婆的距离，就看不到婆婆。婆婆的身体和海底的沙子是一个颜色的。

　　小海豹凑到比目鱼婆婆的耳边，大声地——因为小海豹知道随着年龄的增长，婆婆的听力越来越不好了——非常大声地喊道："比目鱼婆婆，我有话要跟你说。但是我的氧气不够了，得上去换一口气。你等等我。我马上就回来，你可别动啊。"

　　"小家伙，你在说什么呢？"比目鱼婆婆睁大了双眼问道。

　　"你等等我，我马上就回来。"

　　小海豹一分钟也不能多待了。它需要空气。于是，它向上，再向上游去。

大家都说，比目鱼婆婆非常有分寸，而且非常聪明。因为它已经非常老了。

比目鱼婆婆基本上已经不挪动身子了。如果有哪只小生物自己游进它的嘴里，它才会吃上一口。比目鱼婆婆只需要一丁点儿食物就足够了。

年老的比目鱼婆婆就这样一直在同一个地方，平平地趴在海底的沙地上。对于一只已经周游世界好几次的老比目鱼来说——而且每次都是沿着不同路线，向不同方向出发——它过的还真是非常安静的余生。

小海豹攒了满腔的新鲜空气，又潜到了海底。

比目鱼婆婆从小海豹胡子的抖动中看出它说了什么，就对小海豹说："是啊，是啊。"

然后它会觉得总是回答"是啊"也不大对，于是在小海豹说完之后，它回答："不行，不行。"

比目鱼婆婆的那双斜着长在它扁平身体上的眼睛，倒是还能看得很清楚。

　　如果它非常用心地听，也还可以听到身边人的说话声。但是至于说了什么，它是听不清的。于是，为了不被小海豹发现自己的耳朵已经很背了，比目鱼婆婆会连猜带蒙地给出肯定或者否定的回答。

年幼的小海豹呢，还不太明白这个世界上的事情——或者可以说完全不明白——所以它压根儿想不到，比目鱼婆婆连它的问题都没听清楚，就给了它答案。

"那么，你是说可以咯？"

"是啊，是啊。"

"如果我接近北极熊或者渔夫，会有什么危险吗？"

"没有，没有。"心里祈祷着但愿自己答中了小海豹的问题，比目鱼婆婆这样回答道。

"那我妈妈跟我说那些话的时候到底有没有好好考虑过啊？"

"没有，没有。"

"我就知道！谢谢你，比目鱼婆婆。"

这时，小海豹又开始觉得憋气了。于是它急忙浮了上去。所以，它并有听到比目鱼婆婆还在继续胡乱回答："是啊，是啊。没有，没有。"

比目鱼婆婆眯起眼睛，昏昏沉沉地睡去了。睡着之前，嘴里还念叨着："是啊，是啊。没有，没有。"虽然那时，并没有谁在问它问题。

小海豹一边向上浮去，一边重复着："是啊，是啊。没有，没有。"它是想把比目鱼婆婆在哪个问题之后回答"是啊，是啊"和哪个问题之后回答"没有，没有"牢记于心。

当小海豹问，靠近北极熊是不是没有危险，比目鱼婆婆回答的是"是啊，是啊"，这个极其肯定的回答，至今还回荡在小海豹的耳旁。从很久之前起，小海豹就想和北极熊做朋友了。北极熊给小海豹留下的印象非常好。小海豹特别喜欢它们雪白的身体和温和的样子。

然而，每次只要一看到北极熊的踪影，小海豹的妈妈就会粗暴地把它推进海里。

74

随后，自己也跳入海中，用牙咬咬儿子的尾鳍，催促它快点儿游走。

一边游着，海豹妈妈还会一边在小海豹耳边唠叨，说北极熊是海豹最危险的敌人，是最喜欢吃海豹的大怪兽。

"上了年纪就会怕这怕那的，我知道。"

小海豹这样想着，完全听不进妈妈的说教。但是它心里还是有些不确信，所以在下决心和北极熊交朋友之前，它跑去找比目鱼婆婆讨教。

比目鱼婆婆用连猜带蒙的"是啊，是啊"和"没有，没有"给了小海豹信心，它认为自己妈妈的话根本没有根据，和北极熊交朋友完全没有危险，而且它应该随自己的心意交朋友。

小海豹还认为比目鱼婆婆告诉自己，完全不用害怕渔夫，他们是温和又善良的人，还会给偶遇的动物喂食呢。

海豹妈妈却坚信，渔夫也是非常危险的。它警告儿子，绝对不能碰渔夫貌似慷慨地挂在钓鱼竿上的食物。

简直是没有一点儿根据的话。

比目鱼婆婆的回答让小海豹非常开心。它又怎么会知道，比目鱼婆婆给了它完全错误的回答呢？因为婆婆根本就没有听清问题，所以给出的回答驴唇不对马嘴。

但是这并不代表比目鱼婆婆的智慧枯竭了。大家都觉得随着年龄的增长，比目鱼婆婆应该比从前更加睿智了，可其实，比目鱼婆婆的智慧却是稍稍减少了一点儿。这里需要说明一下，和大家比起来，比目鱼婆婆的智慧储备还是很充分的，只是，它缺少了承认自己耳背的智慧。总之，比目鱼婆婆还是有足够的智慧的。

和比目鱼婆婆道别后，小海豹在海面上发现了一条小船。小船上坐着一个正在海钓的渔夫。

"哎呀，正好。"小海豹这样想道。"我刚问过比目鱼婆婆，他们是不是危险的人。"

可是，小海豹却早已忘记了比目鱼婆婆对于这个问题的回答是"是"还是"不是"。肯定是这两个回答中的一个，但是究竟是哪一个来着呢？

小海豹使劲儿回想，可还就是想不起来比目鱼婆婆对什么问题回答了"是啊"，对什么问题回答了"没有"。

至于自己都问了什么问题，小海豹记得很清楚。比目鱼婆婆对自己提出的一个问题回答了"是啊"，对自己提出的另一个问题回答了"没有"。"是啊，是啊""没有，没有"……它们到底分别对应哪个问题呢？小海豹一点儿都想不起来了。

它只能记起当自己问能不能和北极熊交朋友时，比目鱼婆婆回答的是："是啊，是啊。"

小海豹就只记得这个——当然，这对于小海豹来说才是最重要的。

可是小海豹现在需要知道的回答，不是关于北极熊的，而是关于眼前那个渔夫的。小海豹越想越混乱。

小海豹围着钓饵周围游来游去，用鼻子嗅了嗅，马上游走，把头伸出水面，换一口气，然后盯着渔夫看。它在小船的船沿上看到了一张长着大胡子的温和的脸。那是一张值得信赖的脸，可并没有让小海豹放下警惕去咬挂在钓鱼线上的那条死鱼。为什么要把吃的挂在一根线上呢？

小海豹又游近钓饵，用鼻子嗅了嗅，吐了一口气，游走了。它还是没能下决心一口咬上去。

渔夫在船上平静地观察那只一会儿靠近，一会儿游开的小海豹。

小海豹想："这个渔夫真不赖啊。为了不吓到我，一动也不动。他这样应该挺累的吧。好像是在鼓励我尝一尝那条小鱼呢。但是他为什么把小鱼挂在一条线上呢？"

可小海豹还是没有去碰一碰钓饵的意思。

小海豹一点儿都不饿。它刚刚，碰巧刚刚吃得饱饱的。所以，现在并不想一口吞下那条死鱼。可是，它又对渔夫抱有一些同情，觉得不应该让渔夫看出自己压根儿瞧不上他投喂的食物而难过。

可是，那条线还是挺吓人的。

突然，渔夫打了一个喷嚏。

小海豹吓了一大跳，扭头就跑。它的尾巴碰到那条死鱼身上，钓鱼钩扎上了它的尾巴。

小海豹潜入水中，全速游了起来。小船猛地一晃。

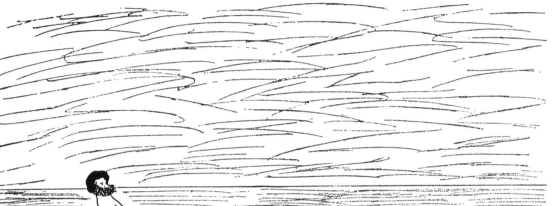

渔夫赶紧松了松钓鱼线，要不然，一定会翻船。

小海豹一边游一边想。

"那条死鱼，原来没死啊。不然怎么会一口咬住了我的尾巴呢？现在还不松口。要是我能回忆起比目鱼婆婆怎么说渔夫就好了。"

小海豹并没有试图扯掉尾巴上的那条鱼。因为它清楚，自己的牙齿根本够不着尾巴。

它奋力游着，并没有察觉自己通过挂在尾巴上的钓鱼线，还牵引着一条小船。钩住小海豹尾巴的钓鱼钩，扎得越来越深。

在感觉自己和渔夫之间已经有一段安全距离时，小海豹把头探出海面，张大鼻孔，猛吸了一口气。

小船和渔夫近在咫尺。

小海豹潜入水中，游了起来。过了一会儿，又把头探出水面。小船和刚才一样，还在那里。

它继续游。但是，这次没有潜入很深的海里，而是一直游啊游，游到海水很热的地方，又游到海水更热的地方。

渔夫紧随其后。他乘坐挂着钓鱼线的小船，点起了烟斗。

渔夫脱下了上衣。但是为了不让热带的炙热阳光晒中暑，头上依旧戴着帽子。他脱掉了长靴，把双脚泡进海水，想凉快一下。嘴里的烟斗已经灭掉了，但他并没有在意。

小海豹被热坏了。它可比渔夫难受多了，拖在身后的小船就让它累得够呛，更何况它身上也没有穿什么衣服，可以脱下来凉快凉快。

　　小海豹游啊游，甚至都没有注意自己已经游过了赤道。

　　而跟在它身后越过了赤道的渔夫，也同样没有注意到这一点。

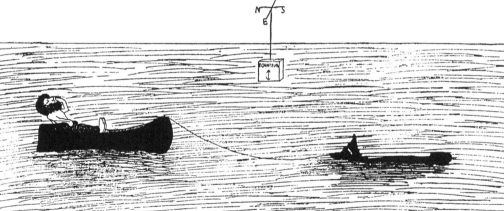

小海豹游啊游，稍微凉快一些了。然后，越来越凉快，接着稍微冷了一些，然后，越来越冷了。小海豹已经游到快到南极的地方了。

渔夫把双脚从海水里面抬起来，穿上了上衣和长靴。帽子呢，是一直戴在头上没有摘下来的。万一头部着凉感冒了，可就不好了。有一天，渔夫又点上了烟斗。

小海豹想道："哎呀，终于变冷了。该能遇见北极熊了吧。我可以把总是跟在我身后的这个傻乎乎的渔夫送给它当作礼物。北极熊一定会喜欢他的。它会感谢我，然后，我们就会成为最好的朋友了。

"要是我能记得比目鱼婆婆是怎么评价渔夫的，就不用和他周旋着跑这么久了，我真是的。不过没关系，只要能见到北极熊，就万事大吉了。"

小海豹到达南极了。

它看到岩石上面站着奇怪的生物。它们长得很像鸟，但是不飞；它们身上的翅膀，看起来就像是鱼鳍；它们像人一样走路，累了就一屁股坐在地上。

小海豹从它们身边路过的时候，大声问道："喂喂，奇怪的小动物，你们到底是什么呀？"

对方一齐朝小海豹尖声回答道："我们才不是奇怪的小动物呢。我们是企鹅。和世界上的其他企鹅一样。倒是你，你是什么莫名的小动物呀？"

"我才不是什么莫名的小动物，我是海豹，和其他海豹一样。海豹科的海豹，谁都知道。"

"海豹！海豹！它说它叫海豹。真是个奇怪的名字。"

企鹅们挥舞着短小的翅膀，大声叫道。

"没错，我就叫海豹。"小海豹有些生气地这样回答。

然后，它又问："你们见到北极熊了吗？"

"北极熊？那又是什么？"企鹅们异口同声。"我们可不知道什么北极熊。"

这时，小海豹突然感觉渔夫在拽钓鱼线。于是它又开始全速游了起来。为了不翻船，渔夫只好松开了握在手中的钓鱼线。

"企鹅可真蠢。"小海豹一边使劲儿游着，一边想。

"它们居然不知道北极熊。"

小海豹围着南极转悠着，但是，它也没有看到北极熊。

每转一圈，它都能在同一个位置的同一块岩石上看到一只独自站在那儿的企鹅（现在，小海豹也知道那是企鹅了）。那只企鹅非常老，头上已经秃顶了，还有好多的皱纹。那只企鹅并没有作声，就这样安静地看着一次次经过自己面前的小海豹。

有一天，小海豹非常有礼貌地询问那只企鹅："企鹅爷爷，请问您见到过北极熊吗？"

"你真是一个货真价实的小傻瓜啊。"企鹅回答道，"南极可没有北极熊。"

"您说，南极？"小海豹大声问，"您说的南极是什么？企鹅爷爷，我没有问南极，我是问您，您在附近有没有见到过北极熊。"

"我当然知道你在问什么。但是，你说的'这附近'就是南极。你这个笨到家的小笨蛋。"

"我不明白。"小海豹说。

"下次再跟你解释吧。你看，渔夫又在拽钓鱼线了，快跑。"

又过了几天，当小海豹再次路过自己身边时，企鹅开始跟它解释什么是南极。

企鹅的讲课持续了很长时间。小海豹每一次路过，企鹅爷爷就抓紧时间给它讲一些。那可是一件特别耗时的事情，因为小海豹每过五六天才能经过一次，而且为了不被渔夫追上，每次只能停留一两分钟。每当它停下来，渔夫就会全力拽钓鱼线，真是特别危险。

就这样，在经过了好几次之后——小海豹试图数了数次数，但是它只会数到三——反正肯定是三次以上，头脑比较灵光的小海豹终于明白了在地球的最上面和最下面，分别有一个"极"，北边的叫"北极"，南边的叫"南极"，自己现在在南极转悠，而在南极，是绝对不可能有北极熊的。

"我在离家很远的地方啊。"小海豹叹了一口气，这样说道。

"就算你想去，也去不了比这儿更远的地方了。"老企鹅说。

"您能告诉我，我怎么才能回家吗？"

"你就一直朝北游。穿过几个热热的海，再一直往北游。这样，最后就能到达北极，你也就能见到北极熊了。"

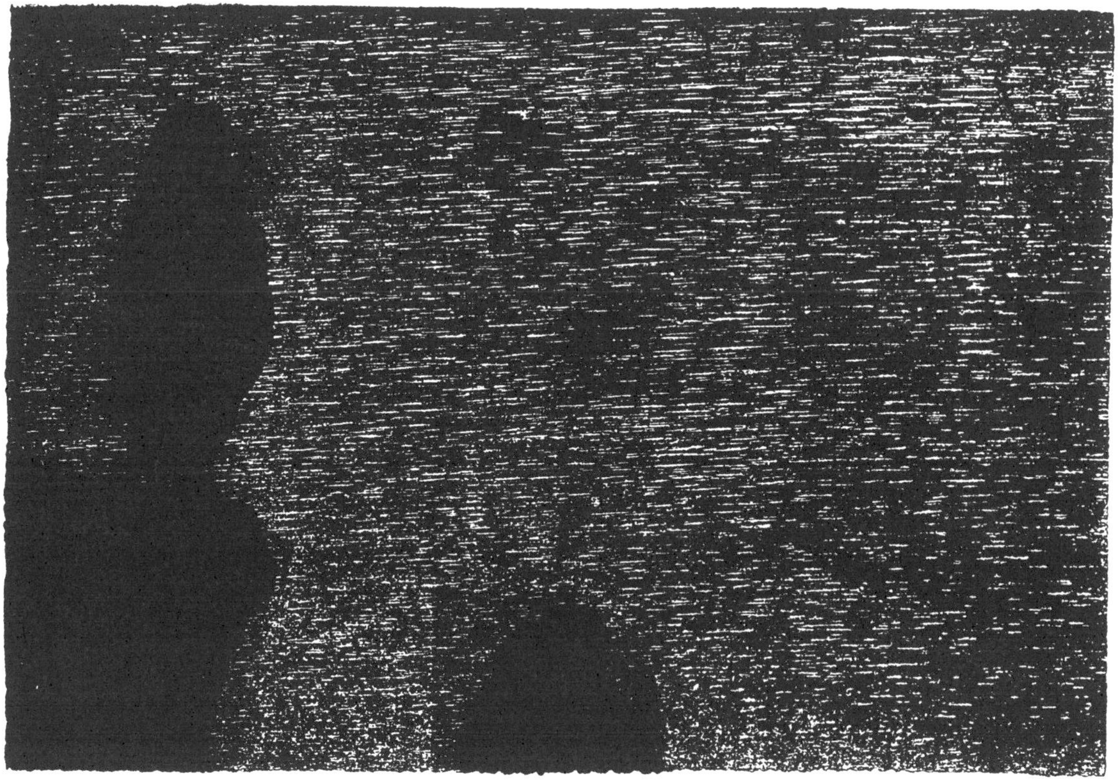

小海豹理解了到达南极之前自己已经穿过了几片热热的海，所以为了回家还得穿一次。而自己的家乡，就是这个世界上唯一的一处有北极熊的地方。

　　再怎么说，小海豹的头脑还是比较灵光的。它只能数到三，那是因为没有人教它数更多。如果有人教它，它一定可以数到五，到六，甚至还可以数更多更多的数字。

　　穿过连一条海道都没有的、特别广阔的大西洋，小海豹一直朝北游去。因为它游得非常快，身后拖着的那条小船不时就会被拽到海浪里去。

　　小海豹进入了热带。在那儿，它稍微减慢了速度。渔夫脱下了上衣，脱掉了长靴，把双脚泡进海水。但是为了不让热带的炙热阳光晒中暑，头上依旧戴着帽子。他嘴里的烟斗已经灭掉了，但他并没有在意。

他（它）们就这样又一次越过了赤道，而谁都没有注意到这一点。热度逐渐减弱了。

渔夫把双脚从海水里面抬起来，穿上了上衣和长靴。帽子呢，是一直戴在头上没有摘下来的。万一头部着凉感冒了，可就不好了。他又点上了烟斗。

大海变凉了，然后越来越凉，终于，小海豹看到了一只坐在冰山上的北极熊，正在盯着自己。

小海豹远远地对着北极熊大叫道："北极熊大叔，你愿不愿意来一份美味的午餐？"

"那当然了。"北极熊说，"你快过来吧，我这就把你吃掉。"

"你别误会，"小海豹说，"你的午餐不是我。"

"哦，那是谁呢？"

"坐在那条小船上的人。"

"小傻瓜，那就让他等会儿吧。"

"你说的没错，他除了等着被你吃掉，也没有其他的办法。你看挂在我尾巴上的这根线，我就用这根线牵着他。"

"你可别把线给放了啊。我把他给吃了，然后你就是我最好的朋友。咱们就这么说定了。"

"快去把他吃了吧，我会牢牢拽住的。"

北极熊跳进海里，游向小船。

　　面对北极熊，渔夫毫无抵抗之力。因为他已经把匕首掉在海里，而且是大西洋的正中间。他连逃跑的机会都没有，因为在南极游荡的时候太冷，有一天为了取暖，他把船桨给烧掉了。

北极熊掐死了渔夫，吃掉了他。一边嚼着，北极熊一边想："真是一顿肥美的营养午餐。那个小海豹还挺机灵的，今天我也吃饱了，就先不吃它了。反正到了明天，这根紧紧缠绕在板凳上的钓鱼线，还是会挂在它尾巴上。"

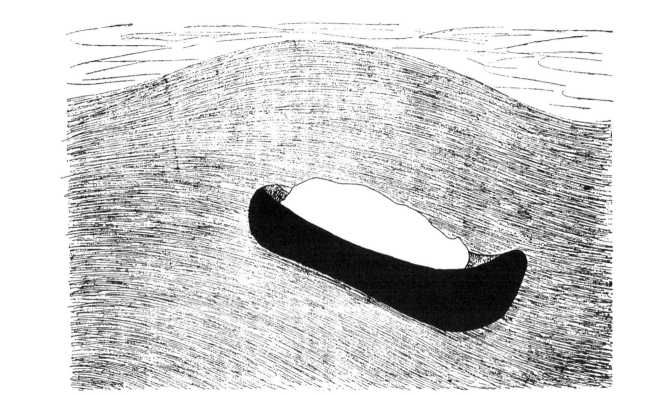

北极熊平躺在小船里，睡着了。

小海豹这样想："都挺顺利。比目鱼婆婆说的没错。北极熊真温柔。这下我也能好好休息休息了。"

于是，小海豹也躺在岩石上，睡着了。

第二天，先醒过来的北极熊跳进海里。

它悄悄游过去，爬上小海豹的岩石。然后，北极熊掐死了小海豹，吃掉了它。

只留下了鱼钩和钓鱼线。

小海豹的身体被撕成几段，装进了北极熊的肚子里，但并没有被咬得稀巴烂。因为北极熊吃得太急了，都没有好好嚼就咽了下去。在北极熊的肚子里，小海豹的头、身体和尾巴都能认出彼此是小海豹身体的一部分，虽然别人已经完全看不出来了。装在北极熊肚子里的小海豹的身体，什么都没有缺。所有的部位都在，而且都还是原来的样子。

"比目鱼婆婆真是一个老糊涂！"

小海豹的头、身体还有尾巴都这样想。

但是，随着北极熊的胃开始消化食物，它们的思想也跟着逐渐变得迟钝了。小海豹慢慢地分不清这样那样的想法，也分不清自己的想法和北极熊的想法了。它一点儿一点儿地变成了北极熊，思想也变得和北极熊一样愚钝了。它什么都理解不了，什么都想不起来，分不清自己是海豹还是北极熊了。然后，它感觉到有些饿了，盼望着北极熊再吃一些别的东西。

等到北极熊又吃了一些别的东西——我也不知道那到底是什么东西——小海豹也不再觉得饿了。

被北极熊松软厚实的皮毛包裹着，小海豹觉得很舒服。"这里倒是不赖呢。可能比别处更好呢。比目鱼婆婆还是没有说错。"

小海豹这样想。

鲁诺在我讲完故事之前就已经睡熟了。但是我觉得把他叫醒也未免太可怜，就一直把故事念到了最后。

神奇名医河马坡坡塔姆

生病的鲁诺躺在床上，难受得直哼哼。

我把手放到鲁诺的额头上摸了摸。

"你哪儿疼啊？"

"身体里面疼。"

"身体里面的哪儿疼呢？"

"我也说不清。就是身体里面。"

过了一小会儿，鲁诺又说："浑身都疼。"

然后，闭上了眼睛。

"爸爸，给我念一个故事吧。"

"那就讲坡坡塔姆医生的故事怎么样？还是讲小熊的故事，还是……"

"我想听坡坡塔姆医生的故事。"

"好。那么爸爸的故事开始了。"

小象的眼珠

从前，有一只非常大的象爸爸、一只很大的象妈妈，还有三只小象。

非常大的象爸爸名叫托比。

很大的象妈妈名叫托巴。

三只小象的名字分别是托波、托贝和托布。

有一天，象爸爸说："天气真好啊。你们谁想去散步？"

"我去!"三只小象异口同声地回答。

接着，大家一起出门了。当然，还有象妈妈。

它们荡悠着长长的鼻子，很慢、很慢地走着。每走一步，都让脚轻轻地着地。着地时它们的脚会像泄了气的轮胎一样，皱巴起来。

它们渡过了一条浅浅的小河。三只小象用它们的长鼻子把河水吸进去，又像喷泉一样，把水喷洒在彼此的身体上，打着水仗。

　　等它们过了河，托波（它是老二）在一棵椰子树下停了下来。它的家人在一旁等着它方便。这时，椰子像天上落下的冰雹一样一颗颗地砸在了它们的头上。

对于大象来说，椰子对它们的杀伤力也就像挠痒痒，一点儿都不会疼。它们只稍稍扇了扇耳朵，甩了甩尾巴。

　　突然，托布（它是老三）哀嚎了起来。有一颗椰子砸到它的一只眼睛了。

　　在椰子树的顶端，蹲着一只猴子。它大声叫道："砸中了！砸中了！怎么样小胖墩儿，我厉不厉害？正正砸中了慢腾鬼的眼珠子。"

气坏了的托比冲猴子大吼。它的大耳朵扇来扇去的，拍打着自己的脸。托比用长鼻子卷住椰子树，来回用力地摇摆。猴子被晃得从树上掉了下来。

　　托巴伸直长鼻子，本想接住掉下来的猴子，却没能抓住。猴子四肢着地，飞快地逃进了森林里。

　　"大无赖！"托贝朝猴子喊道。

"得赶紧把它带到坡坡塔姆医生那儿去。"托比说。

　　大象一家迈着沉重的脚步，悲伤地前进着。托布往受伤的那只眼睛上敷了一片冰凉的叶子，用鼻子捂着向前走。

　　坡坡塔姆医生下了诊断："眼珠掉下来了，完全掉下来了。"

　　"那么医生，是不是没救了？"托比叹了一口气这样说。

"没有问题。我来给它戴上一颗玻璃眼珠。"

"您说的那个玻璃眼珠一定很好看吧。但是用玻璃眼珠就看不到东西了吧？"

"看不到东西?！你可别跟我说笑。它会比以前看得更清楚。一般的医生当然会给它配上一般的玻璃珠，就像是往动物标本上安装的那种。但是你很明智地把儿子送到了我这里。现在，我的专利坡坡塔姆眼珠正在阿比西尼亚制作生产。这个眼珠的成分配比是我亲自经过精密的计算得出来的，所以它会比视力最好的天然眼珠看得还清楚。我刚好收到了一箱样品，你的儿子将会是这种造福全世界的眼珠在全世界的第一个使用者。

坡坡塔姆医生测量了托布之前长着眼珠的眼眶，随后挑选出一只坡坡塔姆眼珠，嵌入托布的那个眼眶里，又从托布的鼻尖到尾巴尖通了一次电。马上，托布就大声说："坡坡塔姆医生，我能看见了。我能看见你了，能看见两个你呢。"

　　"非常好。"坡坡塔姆医生说道，"用剩下的那只眼睛能看到一个我，用假眼睛又看到一个我。看来电流有些过强了。"

　　坡坡塔姆医生这次从反方向，也就是从托布的尾巴尖到鼻子尖又轻轻地通了一下电，问托布："这次怎么样？你能看到几个坡坡塔姆医生？"

　　"只能看到一个。"

　　"非常，非常好。治疗成功。"

　　坡坡塔姆医生说着，切断了电流。

　　比起自己那些只有天然眼睛的家庭成员，现在的托布能把远处和近处的所有东西看得很清楚。

　　在回家的路上，托比说道："我恨不得把那孩子的另外一只眼珠也给扯下来。"

　　"你说什么傻话。"托巴反驳道，"第二次可就不见得这么顺利了。"

小象的尾巴

几天之后，那只砸坏了托布眼睛的猴子，在一棵树下发现了一个小箱子。箱子里面装着熟透了的、香喷喷的、黄色的香蕉。

　　猴子钻进箱子，抓起了香蕉。突然，它听到了箱子盖合上的声音。猴子落入了圈套。

　　猴子使劲儿用脚踢，又使劲儿用拳头敲打，试图弄坏那个箱子。它用力晃着，在里面翻跟头，还跟箱子一起滚来滚去。猴子哭喊着，磨动着尖牙，却找不到什么好咬的东西。

过了一会儿，猴子因为愤怒和疲倦，瘫倒在箱底，不动弹了。

　　瘫倒后的猴子，想起了冬天的傍晚，边烤着火，边听老猴子们讲的故事。那是被关进笼子，装进船舱，被运往遥远国度的猴子们的故事。在遥远的国度，天空总是下着雨。因为从来没有阳光的照射，那里的居民都因为抑郁得了病，甚至死去了。

　　来了一个男人，扛走了那只箱子。

在同一天，小象托布慢慢地，慢慢地在森林里散着步。它闻泥土和青草的芬芳，观察飞来飞去的小鸟，为了不把它们踩扁，还得时常用鼻子把脚边的小鸟们轻轻地推开。

突然，托布脚下的地面消失了。它掉入了一个深深的大坑，昏了过去。

等托布醒来的时候，它正好被一架吊车吊到一艘船的甲板上。甲板上有好多的男人，他们用粗绳绕住托布的每一条腿，把它拴在了甲板上。

午睡的时间到了。男人们纷纷回到船舱休息去了。

托布可顾不上午睡，一想到自己再也见不到爸爸妈妈和兄弟，它伤心地哭了起来。

忽然，它听到有个声音在叫自己的名字。

"你好啊，托布。"那个声音就像是从托布的肚子里传出来的，"你好啊，托布。不用害怕。我是洛基，就是把你的眼睛砸坏了的那只猴子。那次真是对不住。我上了圈套，被关在笼子里，现在就在你的四只脚之间。咱们得赶紧想办法逃出去。"

托布回答道："可是咱们怎么逃出去呢？你在笼子里，我被绑成这样，一条腿都动不了。"

"你可以用鼻子啊。你用鼻子拽我的笼子。"

托布让鼻子滑入自己的两腿之间，把鼻子碰到的那只笼子拉了出来。

"现在，你用鼻子掰开笼子的门。对对，对于你的鼻子来说，这点儿事算不上什么。"

洛基钻出笼子，解开了绑着托布腿的绳子。它问托布："你会游泳吗？"

"当然了。"

"那么你现在跳进海里。我就拽着你的尾巴，我不会游泳。"

托布带着挂在自己尾巴上的洛基，一跃入海。

"你抓紧了。"

说着，托布向岸边游去。

一条鲨鱼看到了在小象屁股附近一沉一浮的猴子，于是它张大嘴巴极速前进。洛基发现后立马跳到托布的背上。

　　这一瞬间，鲨鱼咬了下去，结果，小象的尾巴断成两截。

　　托布哀嚎着："你，你干什么了，洛基？快停下来，别乱动，不然我就把你抖下去了。"

　　"托布，你别生气。刚才有一只鲨鱼想吃我，我就……那个……鲨鱼把你的尾巴给咬下来了。"

　　"啊？我的尾巴？"

　　因为小象的尾巴特别美味，鲨鱼又发起了进攻。这次，它一口咬住了托布的后腿。

　　"是谁在我身后挠痒痒？"托布一边换气，一边嘟囔着。

　　大象后腿的皮肤可比尾巴的硬多了。鲨鱼这一口咬下去，折断了好几根牙齿，落荒而逃。

　　终于，托布的脚碰到了陆地，它深深地喘了一口气说："接下来我们会怎么样呢？看样子是回不了家了。我的家到底在哪儿啊？"

　　洛基坐在托布的背上回答它。

"太阳落山前你就能回到家了。你朝着那个方向一直往前走。"

洛基一边拔出留在托布大腿上的鲨鱼牙齿，一边给托布指路。

"这里右转，接着直行。在那儿左转，对对。"

不一会儿，托布大叫起来。"哎呀，真的到家了！"

那时离日落还有好长一段时间呢。

甚至没有谁发觉托布和洛基不见了。

那之后，洛基成了大象们的好朋友。

第二天，托比又把儿子带到了坡坡塔姆医生那里。

托比说："坡坡塔姆医生，您能不能让我儿子的尾巴再长出来？"

"根本不成问题。只要让它吃掉足够量的小龙虾，尾巴就会长出来。"

"小龙虾啊。"

"对，小龙虾。小龙虾这种生物，要是把腿给弄断了，就会长出新的腿。这一点你也应该知道吧。"

"是的，我是知道。"

"所以说呢，小龙虾这种生物具备长出新腿的能力。我更愿意把这种能力命名为'腿部再生力'。因为小龙虾还具备其他的能力，所以，我想把它们的这种能力和其他能力区分开来。所以，你说，借用小龙虾的这种能力，你儿子还能长不出新的尾巴来吗？"

"您说的极是。"托比激动地说。

那天晚上，托布被要求吃掉满满一桶活着的小龙虾。

第二天，所有的家族成员拿着放大镜，一起观察托布的屁股。尾巴处的伤口，确实比起昨天有了一些变化。但是，谁都说不准，是不是已经有东西长出来了。

那之后，托布每天晚上都会吃掉满满一桶的小龙虾。

每天早上，所有的家族成员拿着放大镜，一起观察托布的屁股。

第四天一早，托巴尖叫一声，扔掉拿着的放大镜，浑身颤抖着瘫坐在地上。

托比捡起放大镜，又把眼镜也戴好，仔细看。

"太好了！"托比激动地压低嗓音说道。

千真万确，托布的屁股上，小小的尾巴冒出芽了。

托布的兄弟们也争抢着观察它的屁股。

又过了两天。小龙虾疗法结束了。托布的新尾巴长得和之前的尾巴一样长，外观看起来也一模一样了。

托比对它的儿子说："现在，我们该去坡坡塔姆医生那里，向他道谢了。你先出门，我来锁门。"

托布打开了门，但它突然后退，屁股差点儿撞上了爸爸的象牙。

"托布，你这是怎么了？"托比说，"为什么撞我？"

"对不起，爸爸，"托布说，"我不是故意的。"

"好了好了，没关系。下次可不能这样了。咱们快走。"

托布又一次向后弹了一下。

"这次我可真要生气了。"托比嚷道。这次，托布的屁股真的撞到了它的象牙上。"我要揪你耳朵！"

"我也不知道为什么会这样啊！"分不清进退的托布带着哭腔说。"我不会走路了。我真是个不幸的小孩儿啊。爸爸还要揪我的耳朵。"

因为托布哭得太厉害，象爸爸只好让它进屋睡一会儿，自己也忘记了要揪儿子耳朵的事儿。

"这孩子一定是高兴得有点儿错乱了。"托巴夫人说，"明天就好了。"

但是，到了明天，到了后天，到了大后天，托布也没能出门。只要它想向前走一步，就会向后弹去，不是撞到家具，就是撞在墙上。新长出来的尾巴，很快就撞破了皮，磨光了毛，变得无比丑陋。

终于，托比忍不住跑去向坡坡塔姆医生求助。

"哎呀，坏事了。我竟然忘记了小龙虾这种生物是后退着走的。小龙虾生来就具备不得不这样走的能力。我当时满脑子都是'腿部再生力'，忘记了这件事。哎呀，真是活到老学到老啊。"

"我们该怎么办呢？"托比问道。

"我暂且把小龙虾的这种与生俱来的能力命名为'后退式步行力'吧。"

"挺好的。可是我想问的是，怎么才能治好我儿子的病呢？"

"你儿子？哦，对了，对了。过四五天你再来找我，我得好好想一想。"

然而，坡坡塔姆医生并没有再想这件事情。

鳄鱼

　　第二天，坡坡塔姆医生在河里冲凉。当它游到河的最深处时，听到了一阵爆炸声。

　　"又来了，一定是那尊大炮。"坡坡塔姆医生这样想道，"白人又在抓鳄鱼了。这次又是谁杀了那个可怜的动物呢。"

坡坡塔姆医生浮上水面，露出一只眼睛看了看，一个白人站在小木船的一端，正好背对着坡坡塔姆医生。在小木船的另一端，坐着一个负责划船的原始人。

坡坡塔姆医生悄声无息地游近小船，一口朝小船的正中间咬去，把小船咬成了两半。之后它冲向猎人，把他咬得粉碎。

　　坡坡塔姆医生并没有对原始人下手。

坡坡塔姆医生一边游向岸，一边自言自语道："消灭了一个白人，我这一天算没有白过。"

上了岸的坡坡塔姆医生看到流淌着鲜血的肉块散落在四处。

"一定是那种碰到就会爆炸的球。"坡坡塔姆医生想。

它走到近处仔细看了看。那是炸碎了的鳄鱼残骸。坡坡塔姆医生大声说："哎呀，真可怜啊。我不能弃之不管。"

坡坡塔姆医生的眼里充满了泪水。

坡坡塔姆医生吹了一声口哨，两名原始人护士飞奔而来。

"你们把这些尸体的碎块都收集起来，运到手术室去。要非常快，一块儿也别落下。"

坡坡塔姆医生亲自把这些碎块擦干净，仔细地检查过后，给它们编了号。随后，坡坡塔姆医生拿出两瓶胶水，拧开盖子。那是特制的、绝不会腐烂的胶水，是坡坡塔姆医生发明的专利产品。

原始人护士按照坡坡塔姆医生的编号，把鳄鱼重新拼了起来，使它完全恢复了原来的模样。

"接下来该上油漆了。"坡坡塔姆的声音回荡在半空中。

鳄鱼身上被涂上了厚厚的一层坡坡塔姆漆，连一条接缝都看不见了。坡坡塔姆漆是特制的、绝不会腐烂的油漆，是坡坡塔姆医生发明的专利产品。

"接下来，该充气了。"

一个原始人护士往鳄鱼的鼻孔里插入了坡坡塔姆泵的管子。这个充气泵也是坡坡塔姆医生发明的专利产品，但看起来和普通的空气泵没有什么区别。

另外一个原始人护士用力打着气。鳄鱼身子鼓起来，睁开了眼睛。

"停！"坡坡塔姆医生喊道。

但是那个原始人护士是一个聋子，仍然不停地打着气。

"停！停！"坡坡塔姆医生不停地喊着。

护士不停地打着气。鳄鱼嘭的一声爆炸了。

坡坡塔姆胶是一种非常强力的胶水，涂上这种胶水的地方，一点儿都没有破。而鳄鱼身体没有上胶的部分，这次炸得粉碎。

坡坡塔姆医生用恶毒的语言，对着原始人护士骂了很长时间。原始人护士吓得直发抖。骂过一阵子，坡坡塔姆医生突然恢复了冷静，说道："重新来。"

还有足够量的胶水和油漆可以让他进行第二次手术。

这一次，坡坡塔姆医生亲自上阵给鳄鱼充气。鳄鱼终于活了过来。

高兴坏了的坡坡塔姆医生这样说了无数次："我可不是一般人，我真不是一般人。"

　　鳄鱼走向河边。它饿坏了。

　　刚醒来的它，还分不清东南西北呢。这时，一头年幼的长颈鹿来到河边喝水，它从鳄鱼的身边经过。鳄鱼咬住长颈鹿的一条腿，很快就把长颈鹿拖进了嘴巴。

　　鳄鱼一边嚼着长颈鹿，一边想："真是个小个头的长颈鹿。我把它一口吞进去算了。

　　随后，鳄鱼又马上想道："真奇怪，怎么咽不下去啊？"

　　鳄鱼一次一次地开合着下巴，想把长颈鹿咽下去。但它就是咽不下去。这时它突然感觉到尾巴附近有咽东西时的肌肉运动。小长颈鹿被这样的肌肉运动推回了鳄鱼的口腔。

那时的小长颈鹿，已经不是刚被吞咽时的样子了。它变成了一个软塌塌的肉团。鳄鱼嘴里含着这个肉团。突然，鳄鱼特别想把这个肉团给吐出来。

　　"这到底是怎么回事？"

鳄鱼在河水面上照了一下自己。它发现坡坡塔姆医生把它的头接在了之前是尾巴的地方，而把它的尾巴，接到了之前是头的地方。鳄鱼的消化系统，就这样被接得颠三倒四。吃的一进嘴，它的身体就会认为已经是消化完毕的东西，要把食物排出体外。

　　"这个坡坡塔姆，真是个庸医。让专业人士听了得笑掉大牙。"

　　最初，鳄鱼想，那就把吃的从尾巴塞进去，然后让食物慢慢倒退，到了嘴里吐出去就行了。

　　但是一想到食物顺着肠子倒退到嘴里，它就恶心得叫道："开什么玩笑！我才不干呢。不过现在也就只有坡坡塔姆能把我治好了，还是得去找它。"

　　"我到底把你的头接在哪儿了呢？"坡坡塔姆医生说。

　　"你问我，我怎么知道呢？"鳄鱼回答。"我只知道一件事，那就是我的头不在它该在的位置。"

　　"那我们就把你的头接到它该在的位置上。"坡坡塔姆医生以非常值得信赖的语气这样说道。

　　坡坡塔姆命令两个护士用锯子锯掉鳄鱼的头和尾巴。

　　"快一点儿，快一点儿。"

　　还没来得及同意做手术，鳄鱼就死掉了。

这回，它们完美地把鳄鱼的头和尾巴粘在了它们该在的位置上。

最后，它们用充气泵充了三下，鳄鱼又活了过来。

其中的一个原始人护士用手温柔地摸了摸鳄鱼的鼻头，露出白牙笑着对它说："好，好，鳄鱼，修好，成功。"

"这个呆瓜嘟囔什么呢？"鳄鱼却这样想。

突然，鳄鱼张开大嘴，咬住原始人护士的肚子，连嚼都没嚼，就吞了下去。

坡坡塔姆医生见状想："哈哈，这不是顺利吞进去了吗？可怜的鳄鱼，看来是饿坏了。"

坡坡塔姆医生抓来另外一个原始人护士，喂给鳄鱼。

鳄鱼吃掉了第二个原始人护士，跟坡坡塔姆医生道了谢之后，爬走了。

因为给鳄鱼做了非常复杂的手术，坡坡塔姆医生感觉累坏了。它想冲个凉，便朝河边走去。在河岸边，它看到自己儿时的伙伴长颈鹿夫人正在哭泣。

"长颈鹿夫人，你这是怎么了？"

"我的女儿，我的女儿……那个恶棍，你得看看它把我女儿给弄成什么样子了。"

"你的女儿？恶棍？你的女儿现在在哪儿呢？"

"在那儿呢。就是那一团脏兮兮的肉球。"

"快振作起来。你是不是昏了头了？"

"才不是呢。我亲眼看到鳄鱼咬住我女儿的腿，把它吞了下去。它花了好长时间嚼我的女儿呢。然后，可能是因为不好吃吧，它才把我女儿吐了出来，那团肉球，就是我的女儿。"

"哦，原来如此，"坡坡塔姆医生大声说，"这都是因为我的失误。我把它的头给粘在原来是尾巴的地方了。它肯定是没咽下去。"

"你在说什么呢？"

"倒不用你完全理解。"

稍隔一会儿，坡坡塔姆医生又说道："你是不是想让我把你的女儿救活？"

"是的。但是，请你先把我的女儿还原成长颈鹿的样子吧。"

"我知道，我知道。"

坡坡塔姆医生叫来了伟大的原始人雕塑家，菲迪亚斯。他是坡坡塔姆医生非常要好的朋友。坡坡塔姆医生对菲迪亚斯说："大雕塑家，我想让你帮我做一个长颈鹿。"

"没问题。要多大的？"

"我也不知道。你就用这儿的材料，哦，这其实就是长颈鹿夫人女儿的残骸，把它全部用掉就行。别添一分，别剩一分。"

"是这样啊，我明白了。"

"长颈鹿夫人答应当你的模特。就按照长颈鹿夫人的样子做吧。它会很高兴的。"

"不用担心，我最擅长做复制品了。"

长颈鹿夫人积极地配合摆造型。它说："要是能做成和我一个样子，那孩子也算是捡到便宜了。"

需要提醒的是，那个时候，长颈鹿这种生物，还完全不是今天我们看到的样子。那个时候它们有着圆滚滚的身体，腿短，脖子也短。

菲迪亚斯让长颈鹿夫人摆了三个不同的造型。

他搓着双手说："完工。你们看看怎么样？"

"太棒了，和长颈鹿夫人简直是一个模子刻出来的。"坡坡塔姆医生喊道。

"真是个美人儿。"长颈鹿夫人说。

"那么，您还满意？"

"满意？当然不满意。"

"可我还美化了它呢，"菲迪亚斯的话中带刺，"而且，还把它做得和您一模一样。您还有什么要求呢？"

"我想让你把这孩子的脖子做得长长的。"

"不好意思，您自己的脖子相比较而言，看起来可是像陷在身子里一样呢。如果您是想让我把它做得跟您一样，那么……"

"一模一样？别提什么一模一样了。我就是想让你把我女儿的脖子给做长。"

"可这是为什么啊？"

"我们住的地方，不是气候特别不好嘛，基本上没有雨不说，小草出了芽就会被太阳给晒死，根本吃不了。所以我们就只能饿着肚子了。但是树可不一样，虽然不全是，但是大多数的树在酷暑下还是会披着一身的绿叶。如果我们的脖子能长得够得到树上的叶子，就能时常吃饱肚子了。"

"原来如此。真是一个不能拒绝的理由。"大雕塑家这样说。"我会按照您的意思做。快来两个护士，坐到这个复制品的背上不要动。"

大雕塑家抡起一根绳子，挂到树枝上，把吊下来的一头系在长颈鹿的脖子上，自己用力拉着另外一头。然后大声命令护士们："使劲儿压着它。"

　　长颈鹿的脖子眼看着被拉长了。它的头一直向上升起。

等到长颈鹿的头到树的一半高的时候，菲迪亚斯喊道："停！再多拉一厘米，它的脖子就要断了。你们两个下来吧。任务完成了。"

"再拽一拽！"长颈鹿妈妈说，"才到树的一半高啊。再拽一拽！"

"不行了，不能再拉了。"坡坡塔姆医生插嘴喊道，"你是要杀死自己的女儿吗？已经到头了。再拽它的脖子就受不了了。别拽脖子了，拽腿吧。这样就不会冒生命危险，还可以达到你想要的效果。"

"好，我们试试看。"

菲迪亚斯这次开始拉长颈鹿的腿。他还有意地把长颈鹿的前腿拉长了一些。因为他想把长颈鹿的脖子根再往上举一举。

之后，菲迪亚斯操作着绳子，让长颈鹿姑娘直立起来。

长颈鹿的头消失在茂盛的树叶中。

"太棒了！"长颈鹿妈妈说。

"这正是我想要的样子。但是，这孩子的身上怎么有这么多斑痕呢？它原来可是纯白的。"

187

菲迪亚斯红着脸，小声解释道："我忘了洗手。"

在长颈鹿妈妈不顾形象，愤怒地训斥菲迪亚斯期间，坡坡塔姆医生亲自把充气泵的管子插进长颈鹿姑娘的尾巴尖，开始充气。

长颈鹿姑娘呼出一口气，睁开眼睛，抖了抖身体。

坡坡塔姆医生喊道："这孩子犯头晕呢，快把它的眼睛给蒙上！"

等长颈鹿姑娘可以用四条腿站稳后，坡坡塔姆医生帮它摘掉了蒙眼布，给它戴上了像放大镜一样的高度眼镜。这样，地面对于长颈鹿姑娘来说，就像它之前看起来的那么近，它也不会犯头晕了。

长颈鹿姑娘的眼镜度数，随着它的适应程度，慢慢地降了下来。一个月之后，它就彻底适应，再也不需要眼镜了。

长颈鹿妈妈时常会盯着自己的女儿看，然后叹一口气，想："这孩子虽然没有之前那么好看了，但是应该会比从前活得好一些。"

再说小象的尾巴

刚结束对长颈鹿姑娘的治疗，坡坡塔姆医生又得接待前来问诊的象爸爸托比了。

"您好，医生。您为我儿子想出治疗方案了吗？"

"你的儿子？你的儿子是什么病来着……"

"您可真是的。就是我的儿子啊，它的尾巴掉了，您又让它的尾巴长出来了。"

"哦，对对，是一只小象。"

"还能有谁呢？"

"然后呢？新长出来的尾巴又掉了？"

"不是，新尾巴长得好好的。但是，医生您还记得吗？您的小龙虾疗法，对于长出新尾巴是非常有效的，可后来出了一点点儿问题。"

"出了问题？这可是个怪事。你说说出了什么问题？"

"我觉得您应该记得啊。"

"我完全不记得了。"

"我的儿子，现在只会倒着走了。"

"哦，对了。那么，你想让我怎么办？"

"请你让它可以正常地走。"

"这个办不到。"

"办不到？那怎么行？您上次不是答应我会好好想想治疗方案的吗？"

"我完全没想。"

"坡坡塔姆医生！"

"你真的想让你儿子正常走路？"

"那是当然了。"

"真搞不懂你为什么会如此小题大做。不过要是你坚持的话，我就试试看吧。"

"那就太谢谢您了。我就知道在您的字典里就没有'不可能'和'困难'这样的词。"

"方法很简单。只要把它的头和尾巴砍下来就行了。"

"啊？"

"之后，把头装到长着尾巴的地方，再把尾巴装到长着头的地方就行了。你儿子还是会倒着走，这个改变不了。但是这样一来，倒着走的时候就是头在前面了。反正你们大象的身体，看起来前后也没什么区别。别人不会发现的，大家会觉得你儿子的走路方式和其他的大象没什么两样。"

"恕我直言，坡坡塔姆医生，您这简直是胡说八道。"

"这是什么话。我根本就不是在胡说八道。刚刚我还给一只鳄鱼做了同样的手术，鳄鱼对手术的结果完全满意。"

"您在认真跟我说这些吗？"

"我从来不说笑。"

"没有危险吗？"

"完全没有危险。我可以保证手术成功。"

“那我得跟托巴商量一下。”

“托巴？谁是托巴？”

“象夫人，也就是我的妻子。”

“你还要和你妻子商量？真不能理解。”

“我必须和我妻子商量。”

“你说必须商量，我倒感觉没有这个必要呢。”

“因为您还没有结婚吧。”

“谢天谢地，我可是彻头彻尾的独身主义者。”

听了坡坡塔姆医生治疗方案的托巴表示，要砍掉自己儿子的脖子，门儿都没有。

"那个医生，肯定是疯掉了。如果光是砍尾巴，还能考虑一下。但是砍脖子，绝对不行。"

托比回到坡坡塔姆医生那里说："我的妻子不同意做手术。"

"我就知道。"

"我的妻子是这样说的，如果光是砍尾巴，还能考虑一下。但是砍脖子，绝对不行。没有商量的余地。"

"哎呀，女人真是的。"

"确实有些顽固。"

"现在这种情况，倒也不是没有办法。你妻子同意给尾巴动手术，对吧？"

"对，只能接受给尾巴做手术。"

"那么就只砍掉尾巴吧。长出来就砍掉，再长出来就再砍掉。三次、四次，不管几次，只要长出来就把尾巴砍掉。你儿子身体里的小龙虾力量，就只能勉强维持让尾巴长出来，便再也无暇分出哪怕一丁点儿力量让它后退着走路了。

"会像您说得这么顺利吗？"

"我对自己的完美推理是有信心的。"

"那么我们就试试看吧。"

听了方案的托巴夫人大叹了一口气，倒是没有提出什么异议。

托布的尾巴，第一次被砍了下来。

新的尾巴马上长了出来。第二次砍掉后，又长了出来。然后是第三次。托布突然可以直着向前走了。但是它的尾巴，却只长到了从前尾巴一半的长度，就停止了生长。虽然托布的身体在成长，它的尾巴却再也没有变长。　随着时间流逝，托布的屁股周围，变得越来越奇怪了。

吃了毒蘑菇的猴子，或者晕船制造机

猴子洛基在一棵大树根部，发现了一棵蘑菇。

它闻了闻。

"真香啊。"

它尝了尝。

"真好吃啊！"

于是，它把一整棵蘑菇全都吃掉了。

"爸爸总说不能吃蘑菇，因为我还不能分辨好蘑菇和毒蘑菇。但是我已经长大了啊。刚才那个蘑菇可真好吃啊。"

在回家的路上，洛基的肚子微微作痛。开始还没什么，慢慢地越来越疼，终于变成了剧烈的腹痛。洛基用双手捂着肚子停了下来，一边惨叫着，一边在地上打滚。最后，昏了过去。

这时，托巴夫人刚好路过。大象夫人一会儿点点头，一会儿用尾巴赶赶苍蝇，告诉它们停在厚厚的皮肤上会很痒，一会儿左右甩甩鼻子，把鼻子卷起来，又伸出去，用伸出去的鼻子吹起地面的尘土。

　　当它看到躺在树下的洛基，便开心地问道："快起来吧，要不要跟我一起散步？"

　　洛基没有回答。

　　托巴摇了摇洛基的身体。没有反应。

　　托巴突然担心起来。它这样想道："这孩子，是不是死了……哦，不对不对，还在喘气。"

　　托巴用鼻子卷起洛基，运到了坡坡塔姆医生那里。

"这孩子好像衰弱得厉害。"

坡坡塔姆医生进行了检查之后说道:"它可不是衰弱。它已经死了。"

"已经死了……可怜的洛基! 那也没有办法了,只能把它带到它的爸爸妈妈那儿去埋葬了。"

"埋葬? 可不要操之过急。我发明的晕船制造机可治过比它病情严重得多的病人呢。"

"但是您不是说洛基已经死了吗?"

"没错。所以这对我来说是一个非常有意思的病例。"

"非常有意思?"

"正是这样。一般的医生会接诊一般的病例。它们在患者活着的时候治疗,因为没有让它们死掉,就好像立了大功一样。但是,一旦患者死去了,它们就弃之不管了。那可是可怜的病人最需要被救治的瞬间啊。那些蠢货。我跟它们不一样,我只在患者死后开始治疗。也就是说,我要治疗到点儿上。这只猴子已经死了,那么我就可以对它进行治疗了。让我来把它治好。"

"您可以让它复活,对吗?"托巴激动地喊叫道。

"不不,不要说得这么夸张。我只是把它治好。死亡只不过是比其他的病更重的一种病。你能帮我一下吗?"

"那是当然了。"

"非常好。那我们开始吧。你帮我把猴子的尸体放进那个箱子里。那就是我刚才说的机器。非常好,谢谢你。然后把盖子盖上。好了,现在要转动这个曲柄把手,让箱子开始进行旋转运动。"

"旋转运动？那是什么东西？"托巴问道。

"你马上就会明白了。好了，开始转动把手。我不说停，你就不要停。一开始慢慢地，轻轻地。"

箱子开始转动起来。

"这就是您说的旋转运动吗？"托巴问。

它的声音是从鼻子里发出来的，因为托巴的鼻子正在转动把手，而把手把它的另外一个鼻孔给挡住了。

"没错。但是你还是不要说话了。现在，要加速了。你要匀速地转动，不要让把手晃动。"

托巴就这样让箱子转动了五十个白天和五十个黑夜。

每到早上，坡坡塔姆医生就会命令道："停！"

托巴松开把手，放下鼻子，好让它休息一下。托巴的嘴里会被塞入成堆的椰子和整把香蕉。当然还有成捆的草料。

坡坡塔姆医生会把听诊器贴在箱子上，从专用的测温孔插入体温计，然后说："开始转。"

于是，托巴就又开始转动曲柄把手。

最初的一个星期，坡坡塔姆医生看起来有些不安。那之后，他还是有些担心的样子。然后有一天，它突然高声宣布："非常顺利。"

它脸上的不安，烟消云散。

第五十一天，在给箱子测量过体温后，坡坡塔姆医生低声说道："把箱子打开吧。患者已经痊愈了。"

"哎呀，这里面真闷啊。好像还有其他东西的味道。"

洛基露出头来，跳到坡坡塔姆医生的背上，用后脚挠了挠心窝的位置，跳上一棵树，就消失了。

托巴惊叹道："坡坡塔姆医生，您一定是世界存在以来最好的医生。"

"差不多吧，"坡坡塔姆医生说道，"我这么厉害的医生，应该也找不出几个。这还用说吗？"

出差巴黎

坡坡塔姆医生收到了一封来自巴黎的电报。

"共和国 总统 遇车祸 粉碎 速来。"

坡坡塔姆医生想:"巴黎啊。有阵子没去巴黎了。这倒是一个好机会。"

于是回电报说:"速去 遗体冷冻保存 动物园准备一间住房。"

"我走了,"坡坡塔姆医生对托比说,"有个四五天就回来了。"

坡坡塔姆医生游进海里,一直朝加斯科涅湾方向游去。它沿着吉伦特河逆流而上,在波尔多站坐上开往巴黎的特快列车,随后在奥斯特里茨站下了车,穿过广场。

动物园园长率领工作人员，在动物园门口恭候坡坡塔姆医生。动物园园长恭敬地向坡坡塔姆医生致过欢迎辞，便把它带往特意为它准备的住处。坡坡塔姆医生在这里的住所包括客厅、浴室和带有一个大泳池的院子。

　　只稍稍用水擦了擦脸，坡坡塔姆医生就被带到总统官邸去了。坡坡塔姆医生花了四五分钟的时间，按照一贯的手法，把总统的身体缝合了起来。

　　总统睁开了眼睛，打了一个大哈欠，伸了一个懒腰，站起身来，转动了一下双臂，蹦了蹦，跳了跳舞，大声说："我还以为自己死了呢。现在没事儿了。比以前感觉更好呢。就像年轻了七岁一样。谢谢你，坡坡塔姆医生。"

　　到了第二天，动物园为了不让坡坡塔姆医生被蜂拥而至的患者给挤坏了，不得不在它的住所四周围起了铁栅栏。

那之后，患者排起的长长队伍就没有中断过。咳嗽的、流鼻涕的、出痰的、瘸腿的、失去了一只胳膊的、驼背的、头晕的、中风的患者队伍围着动物园的植物区一圈一圈地盘旋着。这些患者一个一个地进入坡坡塔姆医生的诊室，被医治好，再一个一个地从诊室走出去。

太阳落山时，守卫会喊："闭园了！"，但是患者们见不到坡坡塔姆医生，就绝不会离开。

就这样，在巴黎的市中心或近郊，几乎没有因为生病而丧命的人了。如果不是遇到千年难遇的重大事故，也不会有人死而不能复生了。

坡坡塔姆医生连一秒钟的休息时间都没有，连一个小时的睡眠时间都没有。一个星期之后，坡坡塔姆医生想："如果一直这样下去，我一定会累病的。如果我生病了，谁能给我看病呢？不行，我得走了。托比一家还等着我呢。它们应该已经开始担心我了。"

坡坡塔姆医生朝诊室门口走去。守卫在它的眼前，恭敬地，却又坚决地关上了大门。坡坡塔姆医生只好继续它的治疗、包扎和缝合了。

就这样又过了几个月，坡坡塔姆医生已经筋疲力尽，一刻也不能再坚持了。它张开大嘴，把守卫咬成了两半。

随后它顶开大门，穿过广场，在奥斯特里茨站坐上开往波尔多的特快列车，随后跳进吉伦特河，横穿加斯科涅湾，游啊游，回到了夜思梦想的非洲。

　　坡坡塔姆医生离开之后，巴黎的医疗和卫生条件又退化到了之前的样子。

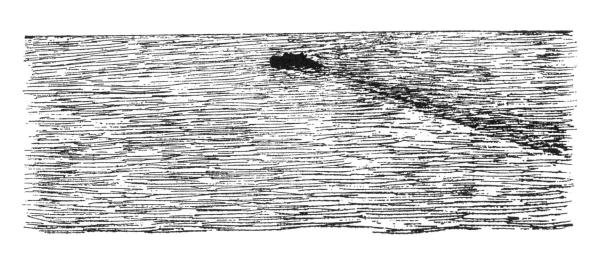

白人的恶行

回到家乡不久，坡坡塔姆医生就造访了托比的家。

"坡坡塔姆医生！我们以为这辈子就见不到您了呢。"

于是，坡坡塔姆医生向它们讲述了在巴黎发生的事情。

"那么，这里一切都好吗？有什么事情发生吗？"

"好事一件都没有。"

"那么你的意思是有坏事……"

"您走之后，来了几个白人，住了下来。从那之后，每天都会来几个。"

"什……什么？"坡坡塔姆医生惊叫一声。"你说的没错，这可不是什么好事。"

"简直糟透了。"托比说。"相比较，土著人就强多了。他们也就是按照习俗，有时会结束一头快要老死的大象或者河马的性命。谁都需要营养，这能理解，对他们怀恨在心也没用。而且，他们会把我们的身体全部吃掉，一点儿都不浪费，这样我们也就能觉得自己的生命和肉体还算派上了用场，没有一处被浪费掉。但是那群白人就不一样了。他们会用最新型的大炮不分青红皂白，不停地轰炸我们。坡坡塔姆医生，您去给病人看病的时候也得小心啊。炮弹这种东西可不长眼睛，要是被飞过来的炮弹打中了，它就会在我们的身体里面爆炸。不管我们的皮肤多么厚实，它就像打穿一枚香蕉树树叶一样穿过去，一旦进入我们的身体，就全完了，一定会把我们炸个粉碎。如果那帮白人好好地把我们吃掉也就算了，可他们偏偏喜欢用奇怪的酱汁浇在我们的肾脏、脚上啊拌着吃——还有专爱吃我们的鼻子的家伙——然后他们就把剩余的部位全都扔掉。有时候甚至吃都不吃一口，就给扔了。他们说，光用大炮这么一炸，就让人痛快。炸完之后，他们会把象牙拔走。您知道他们用象牙都做些什么东西吗？台球、切纸刀，尽是些没有意义的东西。

"可不是嘛，"坡坡塔姆医生说，"在巴黎的时候我亲眼见过用河马的牙做假牙的人。"

"真够恶心的。"托巴夫人说。

"来找我看病，都还带着那样的假牙，真是不顾及别人的感受啊。"

"原始人不会这样的。"

"不管怎么说，原始人和白人是同一种生物。"托比说，"那就是人类。但是，坡坡塔姆医生，您说为什么原始人就比白人高级呢？"

"因为他们的肤色更深啊。你觉得还能有其他原因吗？"

"那么，坡坡塔姆医生，如果白人的肤色也变成原始人那么黑，是不是也会变得像原始人那么好？"

"我是这么认为的。"

小象托布说："那我们就把白人涂黑吧。"

"这孩子可不是一般人。"坡坡塔姆医生大声说。"那么，我就回去研究研究，明天早上你们来找我，我们再进一步讨论这件事。晚安。"

我发现了！

坡坡塔姆医生美美地睡了一觉。还没有完全醒来，它就大叫一声："哎哟来！"

"您说什么呢？"刚好进门的托比问。

"就是'我发现了'的意思。"

"是拉丁语吗？"

"记不清了。重要的是，我有了新发现。"

"您不是一直都有新发现吗？"

"这话没错。关于昨天的事，我想到了两个对策。

"杀光所有已经在这里的白人。没什么理由。而且只需挑唆一下狮子，它们就会利索地解决掉白人。

"不再让白人进入这片土地。这个比较难办。对于难办的事情，不能直面出击。这是我的信条。从其他国家通往我们这里的道路只有那么几条。我们需要在这几条路上设下陷阱。然后在陷阱里面灌满油漆。这种油漆叫作坡坡塔姆黑，是我将要发明的特种漆。我们在陷阱上面铺上树枝，再用土盖上这些树枝。这样，来到我们这里的白人就都变得像原始人那么黑了。"

"然后还变得像原始人那么好。"托比叫着，"真是一个绝妙的构思。天才般的妙想。"

"我也有同感。"坡坡塔姆医生谦虚地附和道。

"期待您发明的油漆。"托巴夫人这样说，"越黑越好。"

"不会辜负你的期望。"坡坡塔姆医生对托巴夫人欠了欠身。

"一定要那种不会脱落的油漆。"

"放心吧。我会发明一种漆黑漆黑的、绝不脱落的油漆。"

还有必要穿裤子吗？

一个浑身上下白色装束的、全副武装的白人走在通往大象国的路上。

突然，这个白人不见了踪影。他掉进了坡坡塔姆黑里。白人挣扎着，卸掉背在身上的抢，才勉强爬了出来。

他一边咒骂着，一边把身上的衣服脱掉，晒在阳光下。

这时他发现光着身子的自己，大笑了起来。在他黝黑的脸上，露出了一排洁白的牙齿。

随后白人说：“都这样了还有必要穿裤子吗？”

他把衣服留在原地，走到了附近的一个村庄。原始人像欢迎兄弟一样迎接了他。

白人变得非常黑，也变得非常好，从此以后再也没有对动物作恶。他直到死，都只肯吃蔬菜。

从此，进入大象国的白人都会经历同样的事情。白人变黑，变好，也变成了素食主义者。

等狮子们吃光了那三四个在坡坡塔姆医生回来之前进入这片土地的欧洲人，这里的动物们又恢复了平静、安逸的生活。生物之间只在有必要时才会吃，或者被吃。

　　大象们逐渐变老，变胖。它们一直敬爱着坡坡塔姆医生，直到它去世的那一天。

　　鲁诺说："坡坡塔姆医生真是一个好医生。"

　　"当然了。"

　　"听完坡坡塔姆医生的故事，我的病都好了。"

主狗公"蛞蝓·短腿"

长长的身体、短短的四肢，前面的两条还是罗圈的，耷拉的耳朵、尖尖的鼻子。这就是故事的主狗公"蛞蝓"。

　　蛞蝓正在晨间散步。它在干货店前停下来，抬起一条腿。然后用鼻子在地上蹭了蹭，翘起尾巴，又走了起来。它看到垃圾就在上面打个滚，看到自行车就吼叫几声。碰到同类，它会嗅一嗅对方的气味。过了一会儿，它闻到了心仪的气味，循着这个气味走去，来到一座垃圾山的脚下。

　　在垃圾山的山顶，有一条巧克力色的长毛狗。它扒拉几下垃圾，就把鼻子凑过去闻一闻，再从鼻子里吹一口气，然后又去扒拉垃圾。

　　它用后腿把洋白菜心、土豆和胡萝卜皮、面包块，还有沾满油斑的纸剔出来。过了一会儿，它突然消失不见了。蛞蝓只能看见它时隐时现的尾巴尖儿。

　　突然，长毛狗露出了脑袋。它的嘴里叼着一根骨头。长毛狗从自己挖的垃圾坑里出来，跳到垃圾山脚下，长长地匍匐在地上。它翻起嘴唇，皱着鼻头，用前脚配合着嘴，啃咬着骨头上仅有的一点儿肉。然后它张大嘴，用粗壮的后牙把骨头咬碎，用舌尖将骨髓吸吮一番。享用完骨头，它起身左右嗅了嗅，看到眼前的蛞蝓，嘲笑道："让你捡剩儿了。"

　　蛞蝓一块一块地吸吮了碎骨头。因为什么味道都没尝到，皱起了眉头。

长毛狗说:"看来你自尊心不怎么强啊。叫什么名字？"

"蛞蝓。"

"姓什么？"

"蛞蝓·短腿。你呢？"

"巧克力。"

"真是个好名字。能勾起我的好多回忆。姓什么？"

"长毛。巧克力·长毛。"

"你是干什么的？"

"我给盲人当秘书。你呢？"

"我是狗学者。"

"想跟我去转转吗？"

"好啊。但是你别跑太快，我的腿比你短好多呢。"

两条狗并肩跑了起来。边跑边聊。

先是蛞蝓问："你的那个盲人，是做什么的？"

"他是天文学家。"

"眼睛看不见，不会影响他的工作吗？"

"一点儿都不会。我会替他看望远镜。我们家阳台有一台纸壳做的、特别棒的望远镜。你知道我们家学者最不擅长什么吗？是算数。数学他是非常在行的，毕竟是天文学家。几何学、代数学、力学，这些对他来说都是小菜一碟。但是，他不会小九九。只能背二段和五段的。还不单是小九九，稍微让他做一些多位数的加法，就算用上双手双脚，不到一百的数字他都算不清楚。所以，即便是他有多么大的发现，都是白费。那么，你在哪儿工作呢？"

"梅德拉诺。"

"哦，在马戏团啊。"

"对啊。"

"都说马戏团有意思，是真的吗？"

"你没去过？"

"没有。"

"今天晚上来不来？"

"几点？"

"21 点。你到梅德拉诺马戏团的后台入口处等我。"

"21 点，就是晚上 9 点咯？"

"当然。你认识路吧？"

"我不认识啊。不过没事，我坐出租车去。"

蛞蝓为巧克力留了最前排的上等座，让它在那儿坐下，自己回到后台。

　　巧克力被强光照得眼冒金星，被乐队和小丑的吵嚷声和舞马的铁蹄声震得直耳鸣，不久，就打起瞌睡。后来，它因为犬吠声醒了过来。

　　蛞蝓正在舞台上。它坐在一个板凳上。有一个身着燕尾服、戴白色领带的绅士在黑板上写了好多数字。蛞蝓就把那些数字给念出来。数字是几，它就叫几声。蛞蝓一次都没有弄错。

　　然后，它出色地完成了加法、减法、乘法和除法。蛞蝓用夹在脚上的粉笔，在黑板上一个一个写出答案。

　　这个环节赢得了满场喝彩。巧克力想："它刚好适合我的天文学家。"

　　临走前，它对蛞蝓说："你来我家坐坐吧。我的天文学家不是傻瓜，你和他聊一聊，一定挺有意思的。"

　　"你们住在哪儿？"

　　"彗星大道八号。在七层。门口的邮箱上面写着'满月·天文学家'。"

　　"好的，我两三天后去。"

第二天午饭后，蛞蝓趴在壁炉旁，迷迷糊糊地享受饭后的午休。

它的主人大声说："蛞蝓，今天是日场啊。"

蛞蝓心想："日场，日场，别吵吵。我这不是闭着眼睛吗？在睡觉呢，什么都听不见。"

它为了睡得更逼真一些，假装轻轻地打起了呼噜。

"喂，蛞蝓！哎，蛞蝓！"

蛞蝓突然跳了起来，惨叫一声。它身体的某一个部位被狠狠地踢了一脚。它把尾巴夹在两条后腿中间冲向门口，顶开门，前后脚配合着，一蹦一蹦地跳下楼梯。

跑出来的蛞蝓用鼻子哼了一下。

"真是个野蛮的家伙。胆敢踢我，简直野蛮透顶。我再也不想见到他了。我要去彗星大道的巧克力家。快点儿，快点儿。是彗星大道。不能够忘记街名。彗星大道。彗星大道。好了，到了。然后，应该，应该是八号。十四号、十二号。对，应该是路这边。十号二栋、十号、八号、好了。进去。二层、三层、四层、五层、六层，好了，到七层了。对，应该就是这儿了。'满月·天文学者'，哦，就是这家。好，我来按门铃。"

巧克力来开门。

"嘘，小声一点儿，别打扰了我家学者。"

"他在睡觉吗？"

"不是。你安静点儿就行了。我家学者现在正在检查他算错了的算式呢。安静。来，进来吧。"

满月先生正在书桌前双手抱头，叹着气。他每写一个数字，就马上用铅笔在上面打一个叉，再掰着手指数一数，然后又用双手抱头。随后，他呻吟道："讨厌的除法，怎么总是算不完呢？"

蛞蝓跳上书桌。它看了看数字，把指尖伸进墨水瓶，蘸了蘸墨水，很快写出了除法的答案。

巧克力大声读出答案。满月先生喊道:"这正是我在寻找的答案!"

他把手放在蛞蝓的后背说:"你就是那个,巧克力说的狗学者?"

"应该是吧。"

"你非常好。非常好。你就留下来吧,我们一起做研究。"

巧克力正在用纸壳做的望远镜观察天空。他是这方面的熟练工。

"我来思考。你来计算。你的名字叫什么?"

"蛞蝓。"

"好。蛞蝓,我们开始工作吧。"

直到晚饭前,满月先生一直搓着双手,不停地这样说道:"你这是神算啊。"

最后大声说:"我从来没有见到过你这样的天才。真是计算名将,非凡之才!"

"您要是认识毕达哥拉斯就不会这么说了。"

"可我如何认识毕达哥拉斯呢?他早在两千年前就死了啊。"

"不是那个毕达哥拉斯。我说的毕达哥拉斯是蟾蜍学者。我和它从前一起在纳伊(法国巴黎的郊区)出演过杂耍剧。不过,也许我说的这个毕达哥拉斯也已经死掉了。"

"它比你更会算数吗?"

"比我会算多了去了。"

"对我来说有你就足够了。"

蛞蝓、满月先生和巧克力的共同作业,很快就取得了显著的成绩。他们发现了连最精细的望远镜都照不出来的遥远的星星。蛞蝓的计算强有力地证明了那些星星的存在。

一天晚上，满月先生对他的狗伙伴说："之前的天文学犯过很多错误，其中最严重的就是对星座的命名。这些名字和星座的形状简直对不起来。大熊座真的像熊吗？一点儿都不像。小熊座呢？也不像。我认为我们非常有必要修正它们。多亏了蛞蝓的计算，我可以自如地变动所有星星的位置。当然，每一颗星星都在它所属的星座范围内。我将重新配置这些星星，让它们看起来真的像熊，如果有必要补充龙，那就重新划分出龙，以此类推。我们现在去阳台上，我来给你们做演示。"

　　他高举单臂，用夸张的肢体语言说："那么，我就从小熊座开始。我们避开北极星，要不然就该找不到北了。然后把第二颗星往下移一些，就像这样。把再下面的一颗星挪到那边。然后再把下面的一颗星挪到这边。这是尾巴。这是四肢。好，这是眼睛。怎么样？现在天上的小熊座，是一头真正的小熊了吧？"

　　"嗯，差不多。"巧克力说。

　　"好像没什么变化啊。"蛞蝓从鼻孔里出了一口气，说道。

　　但是，满月先生根本听不进去。

　　"该大熊座了。把一颗星星放到这儿来。再放到那儿一颗。再放到这儿一颗，然后是这儿。好了，你们觉得怎么样？"

　　"这个人疯了。"蛞蝓说。

　　但是，满月先生根本听不到它说的话。

一天早上，满月先生正在听蛞蝓念它在前一天晚上写下来的算式，忽然他这样问道："你念的数字是准确的吗？"

　　"我已经都核对过了。"

　　"是吗？那么这下可严重了。"

　　"您说是什么严重了？"

　　"今天，正好在下午 1 点，地球会被撞得粉碎。有一颗彗星将以猛烈的速度撞向地球。因为它太快了，肉眼根本看不到。这下要天下大乱了。彗星会扯掉我们大熊座的一条腿，挖掉我们小熊座的一只眼，还会把行星和恒星统统撞飞。星球相互碰撞变得乱七八糟，它们的碎块会四处飞溅。"

　　"您可别乱说。"巧克力带着哭腔说。

　　"我们要做好必要的措施。蛞蝓，赶紧帮我算一下这个除法。"

　　盯着那一串数字，蛞蝓耷拉下脑袋，把尾巴夹到两条后腿中间。

　　"快啊，你在磨蹭什么呢？"

　　"太难了。我算不出来。"

　　"彗星离我们越来越近了。"

　　"不行，我算不出来。"

　　"别这么说，你试试看。"

　　"不行，对我来说不可能。"

“把毕达哥拉斯叫来。”满月先生喊。

“我去跑一趟吧。”

“那就拜托你了，要快。”巧克力焦急地说。

蛞蝓跳上地铁，在马约门站（巴黎市中心以西，巴黎地铁一号线的一站。）下了车。

蛞蝓来到巴黎市郊。它穿过纳伊杂耍剧场简陋的大门，经过看起来比城堡还有趣的游乐小屋，一直跑到无脖女的帐篷车那里。

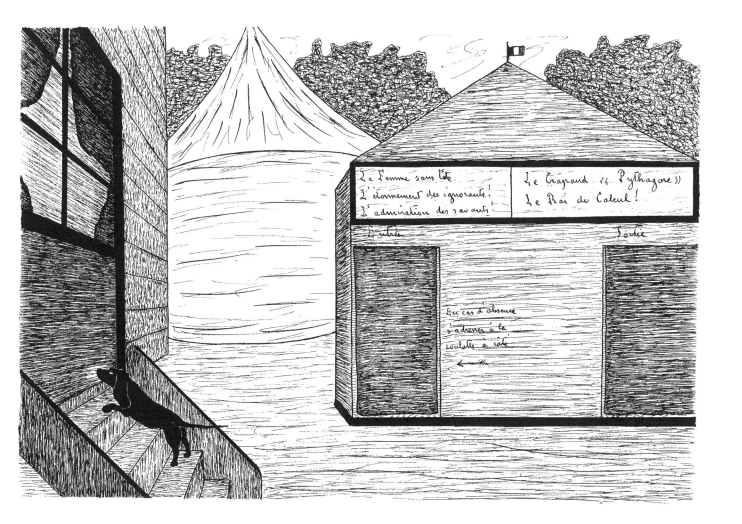

蛞蝓一进帐篷车，无脖女就大声喊道："哎呀，小蛞蝓，是什么风把你给吹来了？好久不见啊。"

它们俩交换了贴面吻。

蛞蝓问："毕达哥拉斯呢？"

"在这儿呢。"

无脖女打开盒子。毕达哥拉斯跳上桌面，和蛞蝓握手。

"好久不见啊，师兄。"

"见到你真高兴。"

"我也是。现在有一件麻烦事儿。"

"你说说看。"

"是一场骚乱。我现在的主人，他算是个好人，是一个天文学家。所以他会让我帮他计算。而计算出来的结果呢，就是今天是地球末日。今天下午1点。一颗彗星会飞来毁灭地球。我的主人想到了一个措施，但是必须得进行大量的计算。我看着有些发怵，我想你一定可以算出来的。"

"哎哟，又是工作。"毕达哥拉斯发出了痛苦的声音。

"我不干。我现在筋疲力尽。"

"它确实累得够呛。"无脖女叹着气说。

"那你们来吃午饭怎么样？有一级棒的美食。还有最上等的葡萄酒。"

"我已经戴好出门做客的帽子了。"无脖女说。

"出发吧。"毕达哥拉斯大声说。

毕达哥拉斯跳进盒子。无脖女把盒子夹在腋下。

一行人到了满月先生家。

蛞蝓介绍道："这位是满月先生。伟大的天文学家。"

"初次见面，请多关照。"

"这位是无脖女士。世上罕见的存在。"

"夫人您好，非常荣幸。"

"这位是我的好朋友，毕达哥拉斯。伟大的数学家。在这儿呢，在小盒子里。快出来吧，毕达哥拉斯。"

"认识您非常荣幸。"

"我也感到很荣幸。"

"来，请大家就座吧。"满月先生大声说。"工作，就留在饭后做。"

大家坐上餐桌，吃的吃，喝的喝，非常有礼貌地还挨个进行了对话。12点的钟声敲响了。大家一齐说了起来。

谁都没听到 12 点 30 分的钟声。大家大声说着、笑着、争论着、唱着歌。

突然，无脖女敲打盘子的边缘，喊道:"安静！别说话了！"

等大家安静下来，无脖女开口道:"你们看看挂钟，已经 3 点了。地球不是该在 1 点毁灭吗？"

满月先生突然起身，身后的椅子翻倒在地。

"3 点了？蛞蝓，你的计算原来是错的！"

蛞蝓消沉地说："可能是这样的。"

"蛞蝓，你这是拿我当傻瓜吗？"

"怎么会呢？但是，其实我根本就不会计算。我只会数到三。"

"但你在梅德拉诺不是算得很好吗？"

"那是因为我那时的主人作弊了。"

"那么，你为我算的那些算式是什么？"

"都是我胡乱写的。因为有时候可能能蒙对呢。"

"那么我的那些发现呢？我的那些星星怎么办？"

"都是瞎编的。"毕达哥拉斯说。

"地球毁灭论呢？"

"完全不准。"

"那就是说我们获救了！"巧克力吼着。

"真是不走运啊。"满月先生叹着气说。

然后他又说道："毕达哥拉斯先生，如果让您这样伟大的才能枯萎在破旧的杂耍剧场就太可惜了。怎么样？愿意接替蛞蝓做我的计算师吗？"

"伟大的才能？我的才能和蛞蝓没什么两样。可能还在蛞蝓之下呢。我只会数到二。"

"好了，毕达哥拉斯，我们回家吧。"无脖女说，"你说得太多了，这些事不能告诉旁人的。要是知道你不会数数，还有谁来看咱们的演出呢？"

"这倒也是。咱们回家吧。蛞蝓，跟我们一起回家吗？咱们可以重新搭档表演杂耍剧。满月先生，您还是找一位真正的计算师吧。"

"就算找了，能有什么区别吗？"

"您别失望。总有一天，您会有名副其实的重大发现的。"

"哎呀，其实，这是不可能发生的。我没有那样的能力。"

"像您这样伟大的天文学家，会没有能力？"

"伟大的天文学家？我的那点儿天文学知识，和你们俩的算数能力差不了多少。"

"您说什么？"

"我确实知道大熊座和小熊座的名称。人世间谁都知道。但是我完全不知道太阳啊，月亮啊这些，看起来是什么样子的。"

"您要不要跟我们一起来？"无脖女问道，"我的帐篷车可不小呢。"

"好的。巧克力，别忘了拿纸壳望远镜。"

巧克力把尾巴夹在两条后腿中间。

"那个望远镜，什么都看不到。"

"我们出发吧。"满月先生大声说。

在路上，无脖女叹了一口气说：“满月先生，我一直都梦想嫁给一位谦逊的伟大学者。就是，您这样的。”

“我非常喜欢头脑清醒的女士呢。就是，您这样的。”

巧克力大声说：“请你们结婚吧。你们已经有蛞蝓、毕达哥拉斯和我，三个孩子了。”

“如果将来你们生下更多的孩子，我来教他们数数。”毕达哥拉斯说。

“那我来教他们算数。”蛞蝓说。

“我教天文学。”满月先生说。

随后，他高兴地欠身对无脖女说：“我们结婚吧！”

无脖女垂下眼皮，呢喃道：“您说您想娶一个头脑清醒的女人，可我连脖子都没有，谈何头脑呢？”

男孩罗伊特

我故意没有关工作室的门。

鲁诺走进来。他手里捧着一大块抹了果酱的面包。

"爸爸，你给面包画肖像？你鬼主意可真多。

"你得把涂在上面的果酱也画进去啊。在吃掉它之前，我想记下它完好时的样子。"

"我不画。你别总是给我出难题，这个也太难了。"

"你总是。"

停顿一会儿，鲁诺又说："那你给我讲一个果酱的故事吧。"

"这个我也不会。我可不知道果酱的故事。"

"你看吧，你总是这么说。一旦开始讲了，你又总能讲出一个特别棒的故事。"

"我倒是知道一个和果酱有关的故事，但它不是果酱的故事。"

"也行，你讲吧。"

从前，有一个小男孩儿。

大家都管他叫罗伊特（小国王）。没有人记得他的真名叫什么。

这个孩子出生后，没有像其他孩子那样越长越大。虽然他也很健康，但是，他的个头却越来越小。

在孩子的发育过程中，会有一些规律。这个孩子呢，也是随着正常的规律发育，但却越长越小。在他十五岁的时候，头的大小刚好能用妈妈的顶针当帽子。

十五岁之后，他的身体突然停止变小。就像正常孩子的身体在这个年纪不太会再长大一样。

也是在他十五岁的时候，他之前平静的心开始骚动（这在其他孩子身上也很普遍）。他总是在脑海里幻想自己去环游世界，或者踏上其他荒诞的冒险旅途。在他的幻想里，自己总是可以用智慧和勇敢摆脱困境。

但是，每当他回到现实，可以进行沉着又有逻辑的思考时，他也明白，如果真遇到那么危险的情况，肯定不会像自己想象中的那么容易解决。

冒险这种事情，只存在于梦里，或者在那些无数讲述梦的书里。在小男孩儿单调又规律的生活中，才不会有什么离谱的事情发生呢。他这样想着，试图安抚自己那颗骚动的心。但是，却不怎么奏效。

有一天，罗伊特藏在他爸爸的靠背椅下面，盯着壁炉中熊熊燃烧的火焰。

　　他的爸爸脱掉木鞋，伸直双腿，打着呼噜。

　　罗伊特又在幻想了。他看到日落时分，有两条船行驶在被夕阳染红的静静的海面上。突然，罗伊特感觉，在自己单调的生活中也有冒险发生的可能性，不，冒险已经来临了。

　　他坐进其中的一条船。

　　坐进去之后，才发现那只是一只木鞋。

　　一只木鞋！冒险结束了。真傻！他从木鞋里面出来，嘴里念叨着："哼，讨厌的木鞋。"踢了它一脚。然后他走到另外一只木鞋边上，大声说："这才是我的船。"然后把这一只木鞋朝门口推去。

院子的地面凹凸不平，罗伊特费了好大的力气才把木鞋推出院子。等他来到大路边，看到有一条直通小河的下坡路。木鞋沿着下坡路，平缓地朝小河滑去。随后，罗伊特跳上了浮在河面上的木鞋。

他听见从远处传来的怒吼声。

"是谁偷走了我的一只木鞋！"

"可怜的爸爸，他没了鞋应该挺不方便的。"罗伊特这样想着。

他顺着河流漂游。

罗伊特的爸爸推开院子大门，一直追到河边。然后他又沿着河边小路迈着一瘸一拐的大步追赶。

他的两只脚中只有一只脚穿着鞋。罗伊特的爸爸就这样一会儿把一只鞋穿在左脚上，一会儿又把鞋换到右脚上追赶着。一边追，一边喊:"是谁偷走了我的一只木鞋！"

顺着河流而下的罗伊特，在太阳快要落山的时候，把他的小船拖上河流源头的草地分裂处，躺在船底，睡着了。

第二天一早，罗伊特醒了过来。他采来一根芦苇，把它当作小船的船桅；摘下一片树叶，把它当作小船的船帆。然后他又捡来很多榛子，放进木鞋。他还在河边捡了一块小石头，准备用来砸榛子。

船帆承风鼓起，带着略微倾斜的木鞋在水中前行。小河变得越来越宽，宽到罗伊特看不到岸边了。他一只手握住帆绳，一只手操控船桨，航行在无边的大洋。

罗伊特就这样航行了很长时间，清晨起帆，傍晚落帆，吃一颗榛子当作晚饭，然后睡觉。

有的时候，罗伊特会从梦中惊醒。他以为自己听到远处传来的声音："是谁偷走了我的一只木鞋！"

但是，他却分辨不出那个声音是从什么方向传来的。他又倾听了一会儿，却已经什么也听不到了。

有一天，罗伊特到达一座长满芦苇的小岛。在小个头的罗伊特看来，芦苇就像是参天大树。

在野草丛生的小丘上，有一只鸭子，正在巢里孵蛋。

看到罗伊特靠近，它发出了不安的叫声："嘎，嘎。"

"嘎，嘎。"罗伊特尽量学着鸭子的声音，跟着叫道。但是，他并没有把握，鸭子能不能听懂自己的回答。

罗伊特用双手拽来了一条蚯蚓，献给鸭子。

鸭子伸长了脖子，张开嘴，一口吞掉了蚯蚓。

"嘎，嘎。"鸭子又叫道。这是它在对罗伊特说"谢谢"呢。

罗伊特回答："嘎，嘎。"

"嘎，嘎。"鸭子叫着，又张开嘴巴。于是，罗伊特又给它抓来一条蚯蚓。

"嘎，嘎。"

"嘎，嘎。"

他们的对话突然热烈起来。罗伊特甚至听出了鸭夫人说的一个"嘎"和另一个"嘎"之间存在着类似于人类说"你好"和"再见"的区别。

罗伊特很有语言天赋。几天后，他就能完全听懂鸭语了。没想到鸭子这种生物竟然有那么多的话要说。而鸭子在它的小脑瓜能接受的范围内，也能理解罗伊特说的话了。没想到鸭子的小脑瓜里竟然能装下那么多的词语。

可是，罗伊特逐渐开始觉得无聊了。就在这时，天气突变。大雨倾盆而下，成片的芦苇在风中悲鸣、摇摆着。水位上升，浪花都溅到了鸭子的巢里。鸭子瑟瑟发抖，大声叫喊着："嘎，嘎。"

这是在说："我的孩子们会淹死的。"

罗伊特回答："嘎，嘎。"

这是在说："把你的孩子运到我的船上吧。"

罗伊特把木鞋船推到鸭子的巢边。

"你得在船上铺一些苔藓。快点儿。嘎，嘎。把蛋再往里挪一些。嘎，嘎。别让它们感冒了。"

"嘎，嘎。"

鸭妈妈自己也跳上船，它把脚分别放在小船的两侧，像骑马一样跨在上面。同时，用自己肚子上的羽毛，温柔地裹住它的宝宝们。罗伊特也钻了进去，躲在鸭蛋旁边。

就这样，罗伊特、鸭子和鸭蛋们穿梭于大风和波浪之间。

任凭风刮雨下，在木鞋里面的鸭蛋和罗伊特既不会弄湿身体，也不会觉得冷。鸭妈妈用双脚交替着在水里划着，就像船桨。这时，罗伊特听到了微小的声响。

"咔，咔。"是从蛋壳里面传来的声音。那是想破壳而出的小鸭子在用喙啄蛋壳呢。但是，蛋壳可没有那么容易破开。

罗伊特帮小鸭子用脚把蛋壳踹开。然后对它说："你好啊，小鸭子。"

"咔，咔。"从第二只蛋里，也传来了这样的声音。然后是第三只。

当罗伊特第四次踹向蛋壳，第四只小鸭也出生了。在小船里被小鸭包围着，罗伊特感觉更暖和了。

等天气好转，鸭妈妈把小鸭子们放进水里。

罗伊特坐在木鞋的一端，看着小鸭子们"啪啪"地戏水。因为自己不会游泳，罗伊特有些羡慕小鸭子。

就在罗伊特将注意力放在小鸭子上的工夫，一支小小的舰队，朝他们驰来，这些船一齐放下帆，停在木鞋的周围。

鸭妈妈吓得要命，它梗直脖子，迂回地游着，还叫个不停："嘎，嘎。孩子们，快到妈妈身边来，不要乱跑。"

一条小艇从舰队中最大的一条帆船上落了下来，划到木鞋旁边。

一名士官跳上木鞋，对罗伊特深深地鞠了一躬。随后，他自我介绍道："我是瓦伦西亚微国的帆船舰队司令长官。"

罗伊特还礼，并说："我是罗伊特。"

据司令长官所言，他们正在护送瓦伦西亚微国国王的独生女去卡拉克起亚国的路上。卡拉克起亚国的国王，巨人卡拉克向瓦伦西亚微国国王提出了要迎娶公主的请求。但不幸的是，司令长官在航海途中不慎让指南针掉进海里，舰队脱离航路，迷失了方向。

"嘎，嘎，嘎。"鸭妈妈大声叫道。

司令长官吓得跳了起来。

"您不用害怕。鸭子是在说，它知道去卡拉克起亚国的航路。我们可以为阁下指路。"

"那真是太感谢你们了。"司令长官说，"我们已经在海上飘荡三年了，连陆地的影子都没看到。公主殿下已经完全吃腻了罐装食品。"

罗伊特拿出榛子，对司令长官说："把这个献给公主吧。"

被带到公主面前的罗伊特，将两颗榛子恭敬地递到公主手中。

因为公主非常开心地对他表示了感谢，罗伊特鼓起勇气这样说道："公主殿下，我认为把您这样如此纤细、如此弱小、如此可爱的人儿许配给巨人卡拉克那样傻大、粗暴、肥实的男人——巨人不都是那样的吗？——做王妃，简直太荒唐了。难道卡拉克不觉得这是一件不光彩的事情吗？"

公主听后并没有生气，回答道："卡拉克国王的个头应该确实不小，因为他是巨人啊。但是，我还没有见过他，所以不知道他是不是又粗暴又肥实。我听说，卡拉克国王已经命令一位我记不起姓名的炼金师制作了一瓶果酱。吃了这种果酱，就算我不能变得和他一样大，也可以变得和他差不多大。据说这种果酱具有让生物变大的功效，如果不适时停止服用，身体就会变得无边大呢。

这时，传来一声巨响，还伴随着咒骂声、叫喊声和混乱的脚步声。随之而来的，是急促的敲门声，敲得那么激烈，简直要把门敲垮。

"请进。"公主镇定地应答道。

司令长官进来，气急败坏地跺着地板、挥舞双臂，咆哮着："我完全听不懂那只蠢鸭子在说些什么，除了'嘎，嘎'的叫声，它什么也不会说。我又不是鸭子，怎么能听得懂！"

罗伊特耸耸肩说："您只要跟着鸭子走就是了。它会把您带到目的地的。"

"身为统领国王陛下帆船舰队的司令长官，我怎么能听一只鸭子的指挥？"

公主柔声劝道："但是，您不是弄丢了指南针吗？"

司令长官听了这话，突然没了脾气，回答："您所言极是。"

司令长官深深地叹了一口气，走出去，让船员调整船帆，顺着风，跟随在鸭子后面，整个舰队紧随其后。

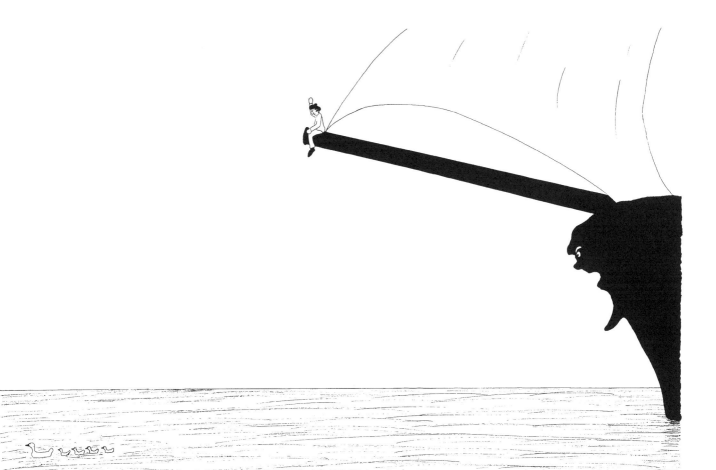

第二天，公主请求罗伊特给她讲述自己的身世。因为公主非常认真地倾听罗伊特的讲述，罗伊特误以为公主对自己有好感，爱上了公主。那之后，罗伊特很快变得忧郁，接着陷入了绝望。因为他知道，公主不久后就要成为别人的新娘了。他甚至希望鸭妈妈和司令长官一样笨，在大海上迷路，带着舰队再转悠很多年。虽然他自己也知道，这是完全不可能发生的。

遗憾的是，还不到一个星期，负责放哨的船员就喊道："看到陆地了！"

与此同时，三年前就等在岸边的卡拉克国王也叹了一口气说："总算到了。"

帆船舰队准备靠岸的时候，罗伊特发现那个出了名的巨人卡拉克，其实是一个普通男人。只因为瓦伦西亚微国的小人儿们没见过普通大小的人，才误将卡拉克当成巨人。

在帆船舰队眼看就要靠上岸的时候，海上刮起了微微的旋风。司令长官麻利地采取了必要措施。但讽刺的是，正因为他采取的这些措施，帆船舰队在两三分钟之内全部沉没，所有人都淹死了，只有罗伊特和公主幸存下来。

鸭妈妈把他们俩驮在背上，送上了岸。

放下罗伊特和公主，鸭妈妈"嘎，嘎"叫了两声，就朝内陆更远处飞去了。小鸭子们也呈三角形队伍，跟在妈妈身后飞走了。等飞到很远距离的时候，鸭妈妈又"嘎，嘎"地叫了两声。

　　"它在说什么？"公主问。

　　"它说它可不想再碰盐水了。它要找一个小池塘，在那儿安顿下来，给自己的孩子们找结婚对象。"

　　"就叫了两声，可以传达那么多信息？"

　　"它还说了更多呢。"

　　"还说了什么？"

　　罗伊特压低嗓音，对着公主的耳朵悄悄说："它不怎么喜欢卡拉克的长相。说看到他的脸就觉得害怕。"

　　"鸭子怎么能这么说呢。他看起来衣冠楚楚的。"

　　卡拉克恭敬地迎接了公主。然后命令仆人马上带公主去房间换下打湿的衣裳，请公主休息。

不久，就有人给公主送来了涂抹了那种神奇果酱的面包。因为公主觉得果酱非常美味，所以提出还想再吃一些。罗伊特流下了眼泪。

　　每天都有神奇的果酱出现在公主的餐桌，每天看到心爱的公主吃了果酱又变高了一些，离自己的世界又远了一些，罗伊特就越发绝望。他感觉公主变得越遥不可及，自己对公主的爱就越浓一些。

有一天晚上，罗伊特在城堡巨大的阳台上叹气。他自己也不知道，远处的满月能缓和一下他的悲痛，还是会加深他心中的痛楚。他沿着楼梯向上走，一直来到最高处的阳台。这时，罗伊特听到下方传来的说话声。他探出身子，仔细听。

　　那是已经熟悉了的卡拉克的声音："现在正好是吃那个孩子的时候了。就当作明天的晚饭吧。之后再把那个小子给做了。"

　　另外一个声音说："您享用晚餐时，希望以什么样的酱汁搭配那位公主？"

　　罗伊特高兴得跳了起来。等不及听卡拉克选哪种酱汁，就飞奔去公主的房间。

罗伊特从陈旧得只能半掩着的门的门缝里钻了进去，爬上公主的床，对着已经大到足以让他爬进去的公主的耳洞悄声说："公主，公主，快醒醒。但是你先别动。嘘，别说话。"

公主听到了罗伊特的话，但是因为没彻底醒过来，她把那些话和自己的梦混在一起了。接着，她在梦中清楚地听到罗伊特的声音，随后，梦境消失，就只剩下罗伊特的声音了。

"公主，公主，快醒醒。"

公主睁开眼睛。试着转动了一下脖子。然后她趁着月光，看到罗伊特在枕头上，对她做着让她不要出声的动作。

"你看起来好高兴啊。"

"我看起来高兴？卡拉克是食人鬼。他打算明天吃您呢。现在是个机会，我们逃跑吧。您赶紧收拾一下，我在走廊里等您。您可真是的，还说我看起来很高兴。"

公主赶紧跳下床，把罗伊特装进口袋。然后她摸索着下楼，跨过在最下面一级楼梯上睡着了的卫兵，头也不回地跑了起来。

第二天，卡拉克被告知公主逃亡的消息，暴跳如雷。哦不，都还来不及暴跳如雷，他就下定决心马上生吃公主，谁也不分，渣都不剩。于是他不许一个士兵跟随，自己出发追赶公主。

公主听到身后传来的脚步声。脚步声越来越清晰了。卡拉克的大脚轮番跺在地面，让大地一颤一颤的。

公主还没有完全适应自己现在的个头。她慢慢地有些跑不动了。

卡拉克越来越近。

从前方也依稀传来脚步声。好像是一瘸一拐的、不均匀的步伐。还伴随着喊叫声："是谁偷走了我的一只木鞋！"

罗伊特在公主的口袋里站立起来——他刚好能露出头来——突然说："那是我爸爸！"

另外一个只穿了一只木鞋的巨人，一瘸一拐地从远处走来。

"爸爸，爸爸，救救我们！"

这一瞬间，卡拉克一把攥住公主的长发，挥起刀。

罗伊特的爸爸弯腰脱下脚上的木鞋，朝卡拉克扔了过去。被砸中的卡拉克扔掉手中的菜刀，仰面倒了下去，不动弹了。他被木鞋砸裂了头，死掉了。

公主说:"谢谢您,叔叔。"

在远处观望这场大战的村民们大叫着聚拢了过来。

"国王被干掉了!瓦伦西亚微国公主万岁!公主殿下,请您做我们的女王吧。女王陛下万岁!"

公主说,如果人们同意推举罗伊特当国王,也就是做自己的夫君,她就同意做这个国家的王妃。而且,装有神奇果酱的罐子里剩下的果酱足以让罗伊特拥有配做一个国王的个头。

人们狂热地呼唤着:"王妃万岁!国王万岁!"

公主在人们的欢呼声中回到城堡。公主的头上被戴上了皇冠。她立即命令道:"把果酱罐子拿来。"

公主把罗伊特从口袋里拿了出来，对他说："来，张开嘴巴。"
她将罐子里剩下的所有果酱喂给了罗伊特。

罗伊特脸色苍白，倒在地上。人们赶紧让他躺平，叫来御医。御医们异口同声地说："我们束手无策啊。一口气吃掉大半罐果酱，这实在是……"

公主哭了起来。

"都怪我。虽然这么做都是因为我太爱他了。"

罗伊特突然睁开眼睛，坐了起来。

"您说您爱我！我没事了！"

他站了起来，个头比公主还稍稍高一点儿。

"哎呀，你怎么把我抱起来了。"公主红着脸说。

但是，公主其实并没有生气。婚礼马上就举行了。

罗伊特想赐予自己的爸爸山一样的财宝，但是他的爸爸拒绝了。

罗伊特的爸爸为自己要了一双新的木鞋，婚礼过后，马上就回家去了。临别时，成为王妃的公主交给罗伊特的爸爸一瓶果酱，说："您把这罐果酱喂给家里的鸡吃。您将拥有全国最棒的养鸡场。"

这时，罗伊特命令道："拿纸和笔来。"

他这样写道："严禁在本国捕猎鸭子。违者格杀勿论。"

然后罗伊特转向档案局长说："你可稍改表述，然后公示于众。"

我的故事讲完了。现在鲁诺的鼻子、脸蛋儿和双手上全是果酱。

我对鲁诺说："你舔的这种果酱好像没能把你的个头变大一点儿啊。你这个吃相可真不好看。"

鲁诺把手上的果酱抹在系在腰间的围裙上，说："我吃的果酱可是真的果酱。"

变大了的小鱼

鲁诺说:"爸爸,你给我讲那个被渔夫钓上来的小鱼的故事好吗? 就是《拉·封丹寓言》里的那个故事。"

"《小鱼将会变大,如果神赐予它生命的话》那个故事?"

"对,对。"

"那个故事挺短的。渔夫把钓起来的小鱼放进鱼篓,拎回家吃掉了,故事就结束了啊。"

"是的。那如果渔夫没有把小鱼吃掉呢?"

"那小鱼就会变大呗。"

"变大的它会做些什么呢?"

"不知道。"

"我问你什么你都说不知道。其实你什么都知道。"

"那可不是。我是真的不知道。"

"那你编一个故事呗。"

"说起来容易。"

"变大了的小鱼的故事。"

"你等一会儿。好像我还真能编出来。我故事里的小鱼可是海鱼,虽然寓言里面的小鱼是河鱼。"

"什么鱼都行,本来那条小鱼也总是去海里逛的呀。"

"有道理。那么,爸爸的故事开始啦。"

从前，有一条在海里随处可见的小鱼。它是一条非常普通的小鱼，和海里其他的小鱼个头一样，外形一样，拥有的智慧也一样。

　　从前，还有一个渔夫。这个渔夫非常平凡，就像在海上干活儿的那些渔夫一样，想多捕一些海里的小鱼。

　　于是，该发生的故事就发生了——渔夫捕到了小鱼。

一个夏日的傍晚，那是一个很美的月圆夜。渔夫把撒开的渔网收了回来。当海岸边村庄的教堂顶钟敲响十二下，渔夫的鱼筐里，已经装满了小鱼。

渔夫跟着教堂的钟声数了十二下，又开始拉网。

这一次，网里只有一条小鱼。渔夫把小鱼扔到船底。因为鱼筐已经太满，连一条小鱼也装不下了。

那之后，渔夫又重复了几次撒网、拉网，但是拉回来的网里，就只是一些海草啊，海蜇啊，章鱼啊，还有其他一些没用的东西，再也没有一条鱼了。

就算这样，渔夫也没有放弃。他又撒开网，又拉回网，反反复复试了几回。还是一条鱼都没有。

渔夫先是向神灵祈祷，后来又向马利亚祈祷，然后又向他认为可能会听取自己祈祷的很多圣人祈祷。但是他的祈祷并没有灵验。他的渔网，已经什么都捕不到了。

黎明时分，太阳从水平线升起。

教堂的钟声又响了起来。接着，远处的教堂钟声响起，再接着，更远处的教堂钟声响起，甚至还有依稀传来的非常远处的教堂钟声。

突然，渔夫的脑海里闪现出一个想法。今天是星期天。告知早弥撒开始的钟声，正在这个国家所有的教堂响起，而他居然违背了戒律，误在星期天干了活儿。犯下了这样的罪行，还想多捕一些鱼，怪不得神灵不会应了他的愿望呢。

"该死的！"渔夫这样抱怨道。而后又后悔自己刚才的抱怨，因为这样只能使得他的罪行更加严重。

渔夫不想因为不虔诚而使自己罪加一等，赶紧划起桨来——因为那天风平浪静，虽然渔夫扬起了船帆，但一点儿能够推动船的风都没有。渔夫慢慢靠近岸边。上了岸就是一座村庄，从这座村庄的教堂传来的钟声比起其他教堂的钟声更加响亮、更为持久。因为，那是离渔夫最近的一座教堂。

渔夫把小船划上浅滩，卷起裤腿，扛起鱼筐，跨过船沿准备上岸。

刚把一条腿踏进水里，另一条腿还悬在空中，渔夫向下一看，在还剩下一小摊水的船底，他看到了刚才的那条小鱼竟然还活着。他抓起活蹦乱跳的小鱼，放在鱼筐里盖着其他鱼的海草上。

渔夫费劲儿地爬上一座小沙丘——因为鱼筐实在太重了——朝响起第二次告知弥撒的钟声的教堂走去。

当渔夫到达教堂时，教堂里面几乎没有人。渔夫把鱼筐放在教堂入口处的水盘下面，在一旁跪了下来。

来教堂的人逐渐多了起来。人们纷纷将手指浸入水中，用来打湿额头。每当有人这样做，就会有几滴水滴落在鱼筐里的小鱼身上。

每当有几滴水滴落在小鱼身上，已经奄奄一息的小鱼就会恢复一丝生气。就这样，当教堂里面已经坐满人的时候，小鱼一句也不差地听取了布道。

"你们要彼此相爱。你们不愿意人怎样待你们，你们也不要怎样待人。你们要爱人如己。"

小鱼回想自己的所作所为，做的都是自己不想让别人对自己做的事情。它总是想如何吃掉别的小动物，还憎恨别的小动物。这也是因为，它总是需要保护自己，为的是不被别的小动物吃掉。

小鱼悟到，自己迄今为止的品行非常恶劣。

弥撒结束后，渔夫为自己在星期天劳作而跪着祈求神的宽恕。

人们开始离开，他们在教堂入口处将手指浸入水中。滴下的水，又掉落在小鱼身上。

渔夫最后一个离开教堂。

渔夫去酒馆喝酒。为了消除独饮的寂寞，渔夫喝了很多酒。他在这一带，一个熟人也没有。

喝完酒，渔夫步履蹒跚，哼着歌儿，走在宽阔的沙滩上。

突然，他感觉脚下的地面好像凹陷下去一样。渔夫愉悦地一屁股坐在地上，滑下沙丘。

停下来后，渔夫依旧蹒跚着走进海里。这次，他忘记了卷起裤腿。

渔夫想跨上船，才刚抬起一条腿，就仰面摔了一个跟头。鱼筐打翻在地，里面的鱼全都滑了出来。它们都已经死了，肚皮朝上漂在海水上。虽然清凉的海水没能让渔夫彻底清醒，但他还是拼命地捡起散落在四处的鱼。

　　唯一活下来的小鱼觉得海水让它舒服多了。而且，比起教堂水盘里的水，海水足够多。

　　摇了摇尾鳍，小鱼就将浅滩甩在身后了。

渔夫也上路，准备回家了。如果他想早点儿到家，本来是可以巧妙地操控帆，让船快速前进的。但是，他好像并没有这样做。总而言之，渔夫还是到家了，而且回家后还给了他妻子两三拳。讲到这儿，我们的故事已经不再需要这个渔夫了。

小鱼饿得要命。自打被渔夫抓住，它还没有吃过一口东西呢，只是喝了几滴水而已。它发现了一只小虾，飞奔过去，打算把它吃掉。

可它却突然来了个急刹车。那是因为，小鱼的耳边回荡起了今早的布道。

"你们要彼此相爱。你们不愿意人怎样待你们，你们也不要怎样待人。"

"要彼此相爱。"——可以一边爱小虾，一边吃掉它。

"你们不愿意人怎样待你们，你们也不要怎样待人。"——不行了，在小鱼清楚地想起了这句话的瞬间，它的身体就像被钉在墙上一样，不能动弹了。

它一点儿都不想被小虾吃掉。那么，它也不能吃掉小虾。

因为这样的原因，小鱼才来了一个急刹车。但是，它感觉越来越饿了。

于是，它想起有一种鱼——但却不是它所属的种族——是吃海草为生的。

小鱼试着吃了一口海草。

太难吃了。

它吃了第二口。简直让人恶心。

当它吃下第三口的时候，感觉勉强能接受了。

等到吃下第四口的时候，小鱼已经下定决心再也不吃任何小动物了。于是，它使劲儿吃起了海草，直到吃得饱饱的。

那之后的很长时间，每当看到在自己眼前游来游去的其他小鱼或者小虾，小鱼都得费好大的力气抵抗自己想要吃掉它们的欲念。因为其他的小鱼和小虾知道小鱼不会吃它们，所以就会游到离小鱼很近的地方来，而这就让小鱼更难控制自己的欲望了。为了不让这些小鱼和小虾误入自己的嘴巴，小鱼还必须紧闭双唇。

如果它们误入了小鱼口中，小鱼可能还真没有把它们吐出来的意志力呢。

不知为什么，坚持素食主义的小鱼，变得越来越大，简直让人难以相信。

它变成了鲨鱼的大小。它这个种族的小鱼，身体从来没有长到这么大过。它们可都是小个头的鱼。

小鱼持续不断地长大，不久就变成了鲸鱼的大小。然后又长得比鲸鱼更大。

它长啊长，成为迄今为止所有生物中最大的，比最大的船还要大很多。

变大了的小鱼每天都在海底吃掉大量的海草。但是，它绝不吃小动物。而且，无论对谁，它都绝不再做令它们不快的事情。

在身体变大的同时，小鱼也变得非常善良。它尽量注意不会在时常有船只经过的海域靠近水面，因为哪怕是几万吨排水量的船，也会像被海浪推上沙滩的海蜇一样，被它的后背顶翻、推到礁石上。

在扭动尾鳍时，小鱼也会非常小心。因为如果它不注意，就会有把军舰或者在大西洋航路上航行的邮轮打碎的危险。

如果这样的事故真的发生了，人们可能会传说海里出了海怪呢。

一天晚上，变大了的小鱼来到了水较浅的海域。它的肚皮碰到了海底，后背时隐时现地露出在海面。

小鱼这样想道："如果有船在我睡觉的时候从这里路过，就可能绊在我的后背上沉没。"

在小鱼的身旁，有一座巨大的石山。石山屹立在海中，在海面上冒出一个尖儿。

"船员们肯定知道这座石山。我可以靠在它旁边踏实睡到天亮。"

小鱼在石山旁安顿下来，闭上双眼。

但是，它却没能睡踏实。因为它听到远处有螺旋桨转动的声音。这个声音的距离越来越短——也就是离小鱼越来越近了。等到这个声音离自己非常近的时候，小鱼想："这些蠢货，他们朝我撞过来了。"

小鱼睁开眼睛。大船正开着航行灯，朝小鱼的方向全速前进。

在大船撞上来的前一秒，小鱼躲闪开，大船撞向石山，变成碎片。

船长忘记屹立在那儿的石山了，又或者，船长以为自己的船是在别的什么地方吧。

总之，大船撞得粉碎，沉没了。所有的船员和乘客都淹死了。一个幸存者都没有。

这艘邮轮上的乘客，是游历各国进行巡礼的人。他们去了圣地亚哥·德·孔波斯特拉、罗马、卢尔德、耶路撒冷和其他很多的地方。人们为了获得进入天堂的资格而进行巡礼，而邮轮上的这些人，已经获得了这个资格。于是，他们开始升入天堂。

　　所有的船员，包括船长、船医都直接下了地狱。

　　没有一个人进入炼狱。

　　巡礼的人——他们足足有几百人——以淹死的顺序和灵魂脱离肉体的顺序，非常有秩序地排队等待。

因为人声过于嘈杂，还没等到一个灵魂到达天堂，彼得就在天空高处听到了他们的到来。

彼得打开窗户，探出头。

他们看到了数百个正在上升的灵魂，就像排列有序地从海里冒出的泡沫。

"神啊。他们是什么人？"

"何事？"神问。

后来神想起，自己是深谙万事的。因为神是万能的。于是他闭上嘴巴，等待第一组灵魂的到来。

"人可真多啊。"彼得叫道。

"人可真多啊。"神也假装吃了一惊，这样喊道。

其实，神一点儿也没有吃惊。因为他早就知道这些灵魂会在这个时间点到达天堂。但是，神担心，如果彼得看出自己比他知道的要多得多，而且也不会像他那样动不动就大惊小怪的，会伤心的。

彼得呢，是打心底里吃惊。哪怕是在教难频繁发生的时代，他都没有同时迎来过如此多的灵魂。彼得非常困惑地说："我到哪儿去找那么多椅子给他们坐呢？"

神回答："勿忧，顺其自然。"

但是，办事认真的彼得还是嘟囔个不停。

在发生这些事期间，变大了的小鱼也在想："一撞上去就有几百个无辜的生命溺水，这座石山真是太危险了。如果有其他路过这里的船只，可能还会发生这样的惨案。"

在身体变大的同时，小鱼的智慧也在翻倍增长。这时，两个航海灯中原本在右舷上的红色灯还没有熄灭，它立在一个空箱子上，漂在海面。变大了的小鱼用牙齿叼起船灯，把自己的尾巴牢牢地插进海底岩石的缝隙，然后它直立起来，用力把头抬高，尽量抬得很高，比最高的海浪还要高。

为了让船员们从水平线的各个角度都可以清楚地看到航海灯发出的光亮，变大了的小鱼不断地扭动身子，左右晃动船灯。

神这时也打开窗户，探出头。看到变大了的小鱼尾巴朝下直立着高举船灯，神这样想道："那个生物在干什么？"

其实，神知道变大了的小鱼在干什么。但是神厌倦了全能的自己，于是他决定假装自己需要先想原因，才能理解事情。

神假装自己明白了原因。然后又假装自己吃了一惊。他这样想道："可是我好像没有给鱼很多智慧啊。"

神打心底里被变大了的小鱼感动了。然后他想："它是真正相信我的，比在天堂里的人更为优异。"

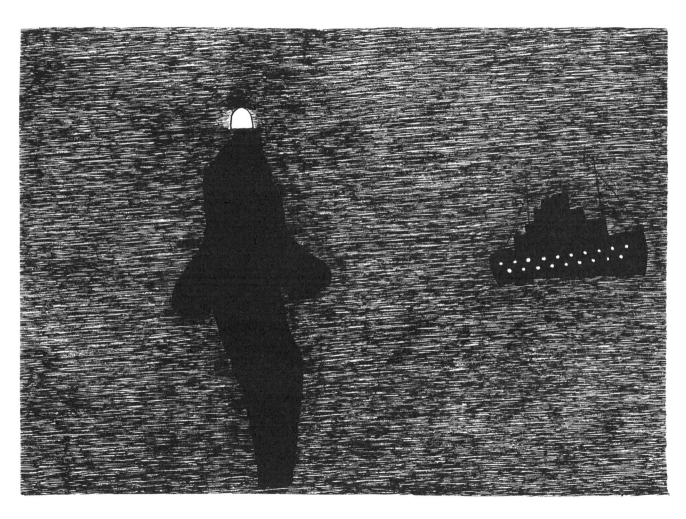

于是，神偷偷将变大了的小鱼的灵魂召唤到天堂。

进入天堂的队伍庞大，神刚好可以趁彼得不注意，将变大了的小鱼的灵魂放进天堂。

一旦进入天堂，就分不清哪个是接受审判进入天堂的灵魂，哪个又是变大了的小鱼的灵魂了。

当变大了的小鱼的灵魂进入天堂，它的肉体突然就死亡了。但是变大了的小鱼并没有松开嘴里的航海灯，它的尾巴支撑着身体，让身体在海里直立，让头露出海面。变大了的小鱼，现在变成了一座灯塔。在灯塔的顶端，有一个精良的机械航海灯在不停旋转着。

神想："我对此早已知晓。因我万能。然而，目睹其发生……还真是让我吓了一大跳！"

当人们看到海面上竖起从未见过的灯塔时，都多少有些吃惊。但是，他们逐渐相信，这个灯塔和灯塔上闪烁着的精良机械航海灯都是自己的同类设计制造的。直到现在，都还没有一个人知道，变大了的小鱼在灯塔的诞生过程中起到了怎样的作用。

　　我讲完了。

　　鲁诺问："这就完了？"

　　"对啊。"

　　"你看，我说了吧。你自己编一个变大了的小鱼的故事就行了。"

大灰狼和乌龟

鲁诺说："真是个好故事啊。"

　　"你喜欢？"

　　"嗯。但是，我能给你讲一个更好的。"

　　"是吗？"

　　"是啊。是我学来的一个童话故事。"

　　"童话故事？你说的是《拉·封丹寓言》？"

　　"不是，是妈妈想出来的故事。妈妈说让我在你生日的时候送一个故事作为礼物。就像装在惊喜盒子里的礼物一样。"

　　"那你现在给我讲，就不是惊喜了啊。"

　　"那可不是。现在讲，不就变成双重惊喜了吗？今天听完你惊喜一次，生日那天听完，你又可以惊喜一次。是大灰狼和乌龟的故事。"

　　鲁诺的故事开始了。

太阳一下山，大乌龟就把头和四肢缩进了龟壳。

入睡前，乌龟微笑了一下，这样想道："要是大灰狼今晚想来吃我，心情一定会像吃了苍蝇一样。咬上这么硬的龟壳，得折断它的两颗大牙吧，哈哈哈。"

想着，乌龟又把自己的头和四肢往龟壳里面更暖和的地方缩了缩。因为比起大灰狼，它更加害怕嗅觉灵敏的狐狸。

第二天早上，乌龟醒来时，却笑不出来了。它那忘记缩回壳里的尾巴，已经被大灰狼给吃掉了。

“真妙！”我称赞道。“你的这个故事太棒了，而且，你讲述的方式也很好。”

“对呀，我已经不会讲错了。但是有时候会在乌龟缩四肢的地方打一下磕巴。要是那样的话，我就得从头再讲一遍。”

“但是你刚才讲得非常好啊。一点儿磕巴都没打。”

“在你生日那天讲给你听的时候，我肯定会打磕巴的。”

“打了磕巴就再从头来一次呗。”

“是啊，得从最开始再讲一遍呢。”

“但是，我觉得你不会打磕巴的。”

“嗯，我应该不会打磕巴的。”

“但愿如此吧。”